Über dieses Buch

Für diesen Band hat der Autor seine schönsten Erzählungen zusammengestellt. Er schreibt von dem, was er selbst erlebt hat, authentisch und betroffen; er kennt die Kollegen, hat die Hintergründe und Zusammenhänge recherchiert, seine Figuren sind keine Kunstprodukte. Er erzählt vom langwierigen Kampf um die Erhaltung der Glashütte, von den Bürgerinitiativen am Kaiserstuhl und von der Platzbesetzung durch Bauern und Winzer in Wyhl. Er beschreibt ein prämiertes Kriegsfoto, das er in der Zeitung gefunden hat, erzählt von der Liebe in einem Steinbruch und der zwischen Arbeiterin und Angestelltem in einem Betrieb, von dem Erlebnis einer Geburt, vom Fischfang eines Jungen am Flußufer und von den Kindern, die an Käfern Massenmord spielen.

Schöfer ist ein realistischer Schriftsteller, doch sind seine Texte keine trockenen Abziehbilder äußerer Wirklichkeit. Gefühle und Gedanken, alltägliches Glück und Leiden, Ängste und Hoffnungen gewinnen mehr Gewicht als die eigentliche Handlung. Aus kleinsten Details genauer Beobachtung werden mosaikartig eindringliche Bilder zusammengesetzt, in deren Mittelpunkt immer Menschen stehen, bei der Arbeit oder nach Feierabend, ihre Abhängigkeit voneinander, ihre Zärtlichkeit.

Der Autor

Erasmus Schöfer, geboren 1931 bei Berlin, Studium der Germanistik, Sprachwissenschaft und Philosophie in West-Berlin, Köln, Bonn und Freiburg in den Jahren von 1950 bis 1963. Dissertation »Die Sprache Heideggers« 1960 in Bonn bei Leo Weisgerber.

Dazwischen dreieinhalb Jahre in Berliner und Kölner Fabriken als Praktikant und ungelernter Arbeiter.

Seit 1962 neben wissenschaftlicher Arbeit Tätigkeit als freier Schriftsteller. Wichtigste Bereiche: Hörspiel und Dramatik, außerdem Lyrik, Essayistik und Kulturkritik, Prosa. 1969 Mitgründer des »Werkkreis Literatur der Arbeitswelt« und langjährige leitende Tätigkeit in dieser Literaturorganisation.

Buchveröffentlichungen: ›Machen wir heute, was morgen erst schön wird. 3 Stücke‹, Fischerhude 1978.

Veröffentlichungen als Herausgeber bzw. Mitherausgeber: ›Ein Baukran stürzt um‹, München 1970; ›Realistisch schreiben‹, Köln 1972; ›Der rote Großvater erzählt‹ (Fischer Taschenbuch, Bd. 1445), 1974; ›Dieser Betrieb wird bestreikt‹ (Fischer Taschenbuch, Bd. 1561), 1974; ›Die Kinder des roten Großvaters erzählen‹ (Fischer Taschenbuch, Bd. 1681), 1976; ›Betriebsräte berichten‹, Köln 1977.

Erasmus Schöfer

Erzählungen von Kämpfen, Zärtlichkeit und Hoffnung

Fischer Taschenbuch Verlag

Originalausgabe
Februar 1979
Fischer Taschenbuch Verlag
Umschlagentwurf: Jan Buchholz/Reni Hinsch
Fischer Taschenbuch Verlag GmbH, Frankfurt am Main

Gesamtherstellung: Hanseatische Druckanstalt GmbH, Hamburg
Printed in Germany
580-ISBN-3-596-22155-2

INHALT

Straßensammlung

Am Mantel war eine Knopfschlaufe abgerissen, da stand er etwas auf. Unter dem linken Arm klemmte ein Packen bedruckte Blätter, beschwert, zusammengedrückt vom Gewicht der Büchse in der linken Hand. Die hielt er in Höhe seines Bauches, und in der anderen Hand eine braune Pappschachtel mit Papierblumen, waagerecht, offen vor sich.

Er stand an einem der Schaufenster unter den Arkaden, das Licht auf seinem Gesicht gemischt aus Tagesgrau und gelber Beleuchtung, er sah zu der Einkaufsstraße, der Endbogen der Passage schnitt daraus ein Bild: stetige Unruhe, eine stabile Bewegung, den Fluß der Menge. Menschen.

Ein Mann und eine Frau lösten sich heraus, kamen durch die Passage, er ging zwei Schritte, ihnen entgegen, hob die Büchse etwas höher, die Frau sah in die Schaukästen zwischen den Säulen, blieb an einem stehen, zog den Mann ans Glas, zeigte und sprach. Der Mann antwortete.

Er blieb stehen, ging drei Schritte weiter, stand wieder.

Zwei Frauen kamen von hinten, gingen an ihm vorbei, er folgte ihnen einige Schritte, erst schneller, dann langsam, und stand wieder, jetzt hinter dem Paar am Schaukasten.

Er ging einen Schritt neben den Rücken des Mannes, dessen rechter Arm berührte das Glas, um beide herum neben die Frau, da war ein Raum zwischen ihr und der Scheibe, in den sagte er: Verzeihen Sie, wenn ich störe –

Die Frau drehte sich halb um, angesprochenes Gesicht, gab auch dem Mann den Blick frei auf den Sprecher.

Möchten Sie vielleicht eine kleine Hilfe geben für die Bombenopfer in Vietnam? Er hob ihnen die Büchse entgegen. Für Kinderpflegestätten.

Die Frau sah den Mann an, sagte: Willst du? Der stellte das Paket in seiner rechten Hand auf das Pflaster, suchte unter dem Mantel nach dem Portemonnaie, holte es vor und entnahm ihm Münzen. Sie sahen auf die Büchse, wie der Mann die Münze in den Schlitz steckte. Sie klemmte zwischen den Federn.

Man muß drücken, geht etwas stramm, sagte er und unterstützte mit dem Rücken seiner rechten Hand die Büchse, bis der Mann drei Stücke durch den Schlitz gebracht hatte.

Es ist schlimm, was in Vietnam geschieht.

Ja, sagte er, danke. Und hier sind die Blumen.

Er hielt die Schachtel vor die Frau, sie zog unter den blauen und weißen eine gelbe vor, sagte danke, nickte ihm zu.

Sie befestigte die Blume am Knopfloch ihres Mantels, dabei drehte sie sich zu dem Mann, der nahm das Paket auf, sie gingen langsam weiter, sahen in die Schaukästen.

Mehrere Personen kamen von beiden Seiten durch die Arkaden, ein Paar, zwei junge Frauen die lachten, ein Mann. Als die Frauen vor ihm waren, machte er einen Schritt auf sie zu, sein Mund öffnete sich, aber schloß sich wieder, die Frauen sahen in das gegenüberliegende Schaufenster und gingen vorbei. Auch der Mann war vorbei und das Paar.

Er stellte Büchse und Schachtel vor sich, holte eine Packung Zigaretten aus der Hosentasche, versuchte, eine Zigarette rauszuziehen, seine Finger zitterten, das Zigarettenpapier riß ab, er klopfte einige Male mit der Handkante gegen den Boden der Packung, faßte die eingerissene Zigarette, steckte sie in den Mund. Die Packung steckte er in die rechte Manteltasche, suchte darin, suchte in der Hosentasche, griff rüber zur linken Manteltasche, klopfte gegen die linke Hosentasche und langte mühsam hinein. Dabei rutschten unter dem linken Arm, den er angewinkelt hielt, Blätter vor und flatterten runter.

Schitt! sagte er halblaut, bückte sich, griff eins, noch eins, noch eins, verknickte sie, als er sie in die linke Hand gab, zwei falteten sich auf im Wind, rutschten weiter, eins hielt er mit dem Schuh, der hatte einen Abdruck darauf gemacht, als er es aufhob, eins trieb durch die Säulen auf die Straße und war naß in einer Pfütze.

Ein Kind blieb stehen, hielt seinen Vater fest, sie sahen zu. Auch andre sahen im Vorbeigehn, wie er die Papiere aufhob.

Er ordnete sie auf den Stapel, glättete sie, zerknüllte eins, das warf er in den Rinnstein, und klemmte den Packen wieder unter den Arm. Einige Blumen waren vom Wind aus der offenen Schachtel geweht und verstreut, er bückte sich, sammelte sie in die Schachtel, hob Schachtel und Büchse auf.

Er stand einen Augenblick, sah auf das Kind und den Vater, da zog der das Kind fort. Er nahm die Zigarette mit der freien Hand aus dem Mund, ein Stück Papier blieb an seiner Unterlippe kleben, er betrachtete die erloschene Zigarette, steckte sie in die Manteltasche.

Er ging bis zum Ende der Arkade, in das Geräusch der vielen schlurfenden Schuhe, das mischte sich mit den Lauten von Stimmen, Motoren gab es hier nicht.

Er stand am Rand, am Rand der Straße, am Rand des Menschenstroms, lehnte gegen die Hausmauer, sah in die Menge bewegter Körper, stieß sich ab mit der Schulter, drückte sich hinein in den Strom mit den Blumen und der Büchse, stieß an die Tasche einer Frau, sagte Tschuldigung, lief vor ein Paar, die auch mit Paketen in allen Händen, wich zur Seite, gegen ein Mädchen, die sagte Na! und er Tschuldigung, stand in den Wegen der Gehenden, sah sich um, mußte ausweichen, wurde geschoben, stand wieder, zuckte die Achseln, hob vor einem älteren Mann die Büchse: Hätten Sie vielleicht – der sah an ihm vorbei, bog aus mit leicht beschleunigten Schritten, er nun zögernd vor ein junges Paar, das hervorgehoben war durch Pelzmäntel, die Bewegung der Büchse und: Würden Sie wohl eine – mit dem unter dem Kopfschütteln des Mannes verstummenden Satzende und dem Sinken der Büchse, das Stehen im Treiben, er löste den Deckel vom Boden der Schachtel, deckte sie zu, klemmte die Büchse zwischen die Beine, zog lederne Handschuhe aus der Manteltasche, die lose Zigarette fiel mit heraus und zu Boden, er bückte sich danach, wurde angestoßen von hinten, stolperte etwas nach vorn, die Zigarette wegstoßend mit dem Fuß, daß sie zertreten wurde von einem andern, kam hoch, eine Falte über der Nasenwurzel und die Augen eng unter den Brauen, sah sich um, schob die runtergerutschte Büchse zurück zwischen die Oberschenkel, zog die Handschuhe an, nahm die Büchse, sah nach oben, es begann wieder zu regnen in großen Tropfen, drängte sich quer zur allgemeinen Bewegung über die Straße bis zum Arkadenbogen und da hinein, sagte: zwecklos.

Ausgebreitete Kleider und an Drahtgestellen aufgehängte, silberschneebestreut, Messingsterne und ein Engel an Nylonfäden, ein Stapel bunte Pullover. Er sah durch die Vitrine zur Straße, zwei Frauen auf der andern Seite, Kopftücher, dunkle Mäntel und Einkaufstaschen, die ältere zeigte etwas, die andre nickte, er ging um die Vitrine herum, sprach sie an: Hätten Sie wohl etwas für die

Bombenopfer in Vietnam? und hob die Büchse, die geöffnete Blumenschachtel.

Ja, sagte die genickt hatte und die Ältere: Was kostet denn eine Blume?

Wie Sie wollen.

Ach so.

Beide kramten in ihren Handtaschen nach den Portemonnaies, die Ältere fand es schneller, einfacher Beutel mit Knipsverschluß, knöcherne Finger bewegten die Münzen darin, zogen ein Fünfzigpfennigstück raus, hoben es hoch: Reicht das?

Er lachte etwas, nickte, hielt die Büchse hin, die Finger drückten die Münze durch den Schlitz, das kleine Metallgeräusch des Falls, danke, die Finger suchten in den Blumen, raschelten, holten eine gelbe vor, danke, die andre fragte: Nehmen Sie auch Fünfer?

Natürlich, alles hilft, und auch der gute Wille.

Sie hatte vier Fünfer und Pfennige, die brachte sie nicht durch die Feder, sie rutschten auf den Büchsendeckel.

Er sagte: Ich machs schon, hatte auch Mühe mit den Fingern im Handschuh, zog ihn aus, drückte dann einzeln die Münzen rein, da nahm sie eine weiße Blume, befestigte sie mit ihrer Kragenspange: Damit nicht gleich wieder einer kommt.

Sie machte ein Lächeln mit den Falten um die Augen. Die Ältere nickte ihm zu: Na, viel Glück, junger Mann!

Danke, vielen Dank.

Er schob die verrutschten Blätter unterm Arm zusammen, zog den Handschuh wieder an, ging um die Vitrine unter die Arkade, zu einer Frau am Schaufenster gegenüber.

Bildbeschreibung

Herkunft

Dezember 1966. Das Bild ist abgedruckt auf der sechsten Seite einer Tageszeitung. Urheber des Bildes ist der für die Presseagentur United Press International arbeitende Fotoreporter Kyoichi Sawada. Das Bild wurde auf der Welt-Pressephoto-Ausstellung im Haag/Holland gezeigt und dort mit dem ersten Preis für Aktuelle Photographie ausgezeichnet.

Hauptelemente

Die Hauptelemente des Bildes sind drei Personen und ein Kettenfahrzeug. Formal gesehen gliedert es sich in die schmale Hellzone des Vordergrundes, in den die halbe Bildhöhe einnehmenden dunklen Mittelteil und den darüber in einem zweiten schmalen Streifen hellerer Tönung abgebildeten Hintergrund. Dort ist in einer Entfernung von zehn bis zwanzig Metern dichte, hochgewachsene Vegetation zu erkennen. Das Fahrzeug befindet sich im Dschungelgebiet. Grelle Sonne beleuchtet den Ort senkrecht von oben, die Schatten liegen ohne seitliche Verschiebung direkt unter dem Wagen: es ist Mittag. Hitze. Die mittlere Hälfte des Blickfeldes wird über seine ganze Breite von der dunkelfarbigen Rückseite des Kettenfahrzeugs eingenommen, nur ein Stück der rechten Flanke ist vom Bildrand nicht verdeckt. Der Betrachter hat den Eindruck, daß es soeben an ihm vorbeirollte. Ein Schützenpanzer. Zwei Mann der Besatzung stehen mit den Oberkörpern sichtbar im Wagen, der eine am Maschinengewehr, der andere in der hinteren breiten Luke unbeschäftigt. Die dritte Person befindet sich hinter dem Schützenpanzer liegend am hellbeleuchteten Sandboden, im unmittelbaren Vordergrund der Aufnahme.

Präzisierungen

Auffälligstes Detail an der senkrechten Rückwand des Fahrzeugs ist ein großer weißer fünfzackiger Stern, dessen eine Spitze nach oben weist. In der rechten oberen Ecke der Rückwand sind in zwei Zeilen deutlich lesbar die römischen Druckbuchstaben bzw. arabischen

Zahlen US ARMY – 12 BX 84 mit weißer Farbe aufgetragen, weitere Aufschriften in kleineren Zeichen an der linken Seite sind nicht entzifferbar. Der kurze rechte Kotflügel weist außerdem die vier Zeichen B – 21 auf. Unter dem Schutzblech sind einige der massiven Relief-Stahlplatten zu sehen, die beweglich miteinander verbunden die Panzerkette ergeben. Das Fahrzeug macht den Eindruck eines gedrungenen, kompakten Gebildes von unverhältnismäßiger Breite. Ein Kasten mit den Kantenlängen vier, drei und zwei Meter. Für Kürze spricht besonders, daß unter dem niedrigen Wagenboden, am oberen Ende der Schattenzone, ein schmaler Streifen Helligkeit erscheint, das heißt, man kann aus Augenhöhe und kurzer Entfernung blickend unter dem Fahrzeug durch bis auf den vor ihm liegenden, sonnenerhellten Sand sehen. Über dem Schutzblech ist einer der üblichen 20-Liter-Kanister mit zwei Riemen befestigt, darüber ein kleines, dosenförmiges Gebilde, vermutlich ein Rückstrahler. Das Maschinengewehr ist vorn in der Mitte auf einem Drehschaft montiert, sein Lauf weist schräg nach vorn, ein Patronengurt hängt herab. Die rechte Hand des in der runden Luke stehenden Mannes hält den Abzugs- und Schwenkgriff der Waffe.

Dieser Soldat steht etwas höher als der hintere, sein Leib ist von dem hochragenden Lukendeckel bis in Brusthöhe verdeckt. Sein Alter läßt sich schwer schätzen. Zwischen 30 und 40. Er steht in Fahrtrichtung, jedoch halb umgewendet, so daß er über seinen rechten Arm zurücksieht. Er trägt einen Schnurrbart. Das Ohr ist verborgen unter einem Kopfhörer, dessen Bügel über die Mütze läuft. Sein sichtbarer Arm ist nackt, ebenso wie der des hinteren Soldaten. Beide sind bekleidet mit dicken Westen, die wahrscheinlich als Kugelschutz dienen. Der zweite Soldat in der hinteren Luke sieht nach links, auf den Boden neben dem Fahrzeug. Sein dunkles Haar ist kurzgeschnitten, das Profil seines Kopfes macht ihn als jungen Mann kenntlich. Den linken Arm hat er angewinkelt, die Hand zum Mund geführt mit der typischen Gebärde des Zigarettenrauchers, der soeben einen Zug nimmt. Seine Haltung läßt weder Wachsamkeit noch Interesse an dem hinter dem Schützenpanzer liegenden Mann erkennen.

Der liegt schräg zum Betrachter hin auf dem Bauch, der Kopf in einer im Sand tief eingeprägten Spur, etwa zwei bis drei Meter hinter der rechten Panzerkette. Vom Kopf ist nur kurzes dunkles

Haar zu sehen, den schmächtigen Körper bedeckt schlechtes, zerrissenes Kleidungstuch, das sich teilweise über den Schultern zusammengeschoben hat. Die Beine sind nackt, die Arme bis zu den Händen von Ärmeln verdeckt. In Höhe der Fußgelenke ist ein Strick mehrfach um die Beine geschlungen, die bloßen Füße sind dicht aneinandergepreßt und zugleich etwas angehoben. Der Strick führt in zwei Enden zur Rückseite des Fahrzeugs. Das straff gespannte Ende ist dort in halber Höhe unmittelbar unter dem weißen Stern befestigt, das andere, längere und deshalb leicht durchhängende, weiter links in der Nähe der unleserlichen Schrift. Die Arme des Mannes liegen seitlich gebogen um den Kopf herum, die zu Fäusten geschlossenen Hände sind dem Betrachter am nächsten. Obwohl das Gesicht des Mannes dem Boden zugekehrt ist und daher keine Rückschlüsse zuläßt, kann man aus der Zartgliedrigkeit des Körpers und der Form der Beine auf einen sehr jungen Mann, wenn nicht einen Halbwüchsigen schließen.

Unsicherheiten

Unsicherheiten ergeben sich bei der weiteren Beschreibung der Situation. Der junge Mann scheint tot zu sein. Doch: trat der Tod in der unmittelbaren Vergangenheit, also nach Befestigung an dem Schützenpanzer ein und wurde durch Schleifen hervorgerufen? Oder bereits vorher im Kampf durch Waffeneinwirkung, so daß man hier nur den ungewöhnlichen Transport einer Leiche vor Augen hat? Sind die Hände des Mannes geballt oder verkrampft? Bewegt sich das Fahrzeug, oder steht es?

Begreift man die Situation als den Transport eines Toten, so erhebt sich der Einwand: Zweifellos hätten doch die Soldaten, wenn schon keine Tragbahre vorhanden war, dem gefallenen Gegner wie einem gefallenen Kameraden aus Zweigen eine provisorische Rutsche zusammengebunden. Oder zumindest jetzt, nach dem Kampf, etwas Ähnliches getan, um so die völlige Zerstörung seines Gesichts zu verhindern.

Die linke Faust des jungen Mannes hat einige größere Grashalme oder kleine Zweige umschlossen, als habe er versucht, sich irgendwo festzuhalten und damit gegen ein Schleifen zu wehren. Wie fügt sich dieses Detail in die Deutung des Bildes als Leichentransport?

Die Gräser könnten allerdings auch von der Hand eines Toten oder Bewußtlosen mitgerissen worden sein.

Warum aber liegt der Körper diagonal hinter dem Fahrzeug, schräg zur Zugrichtung, und nicht genau in ihr?

Dieses Indiz spricht wiederum für Gegenwehr, für den bewußten oder instinktiven Versuch, irgendwie zu reagieren.

Denkbar ist noch, daß der Körper soeben erst an den Wagen gebunden wurde und beide sich nicht von der Stelle bewegten. Doch die breite, in den sonst ebenen Sand eingegrabene Schleifspur hinter dem Kopf des Mannes widerlegt diese Annahme eindeutig.

Es ergeben sich also bei der Betrachtung des Bildes vier Interpretationen der Situation: der Mann wurde bereits tot an das Fahrzeug gebunden; sein Tod trat erst unterwegs und nach Gegenwehr ein; er war zum Zeitpunkt der Aufnahme bewußtlos; er war bei Besinnung und hat sich in die Schräge zur Fahrtrichtung gewälzt. Für keine dieser Deutungen läßt sich aus den abgebildeten Einzelheiten ein exakter Wahrheitsbeweis führen.

Nur die letzte Interpretation allerdings gibt eine plausible Erklärung für die eigentümliche Lage des Körpers und seine Schleifspur.

Schlußfolgerung

Das Bild bedarf keiner moralischen Interpretation. Es spiegelt die auf dem südostasiatischen Kriegsschauplatz vorhandenen Potentiale: das zwei Drittel des Bildraums ausfüllende amerikanische Kriegsgerät, die in den oberen Bildraum ragenden Soldaten als Vertreter der einen kriegführenden Partei, der am Boden liegende, in Lumpen gekleidete, von der Maschine beherrschte Kämpfer der anderen Partei. Das Bild läßt keinen Zweifel an den vorliegenden Rechtsverhältnissen.

Der Gang durch die Bombe

Wir kamen mit leichtem Südost herein, es war eine gute Nacht und gab viel Fisch, Hamai war vor uns, sie hatten schon festgemacht, ein paar Jungs standen oben auf dem Kai und guckten, sie holten grade die Segel ein, wir fuhren dicht an Hamais Kutter vorbei um die Dalbe rum in die Querrinne zu unserm Platz, Toshio hing die Fender raus, ich drückte das Boot im Bogen aus dem Wind, Hidao reffte das Segel, Toshio hatte das Tau in den Händen, er sprang an die Leiter, die Sprossen hinauf, belegte das Ende am Poller. Stand noch mit dem Rücken zum Wasser am Rand der Mauer, da flammt ein Licht über den Himmel, das füllt den sichtbaren Raum, überstrahlt die Sonne: eine Bombe! Hielt mich, krampfte mich an die Ruderstange, sah Toshio wie von einem Riesen geschlagen vom Pier runterwehen, aufs Deck stürzen, es splittert, kracht, der Großbaum fliegt auf mich zu, ich riß noch die Arme hoch, weg war ich.

Dann war das Gesicht von Hidao da mit großen Augen, ich faßte an meinen Kopf, der schmerzte, und sah die Hand blutig, Hidao stützte mich hoch, es war dämmerig düster, die Sonne fort, wohin war sie? Er zeigte nach vorn: da war der Mast gebrochen in halber Höhe, mein Gott, der Mast! Er hing noch in den Leinen, das Boot hatte Schlagseite nach steuerbord, auf den Fischkästen lag Toshio tot, wir stiegen hinüber, ja er ist tot, tot! Ein langer Nagel steckte ihm im Gesicht, ich zog ihn raus, Toshio blutete aus der Nase, wir legten ihn auf den Rücken neben die Kisten, da rutschte er bis an die Bordwand, und Wasser spritzte rüber. Mir war übel, und ich war immer noch halb blind in den Augen, ich mußte erbrechen, da ging es besser. Wir nahmen Fischmesser, schnitten die Stagleinen durch, bis die Mastspitze frei war, schmissen sie ins Wasser, das Boot kam etwas höher, da sah ich den Hafen – Kutter gekentert, losgerissen, Kisten, Fässer, Planken im Wasser, auf dem Osaka-Frachter qualmte es, ein Feuer, die Aufbauten havariert, zwei von den Jungen an Brettern im Wasser, ich sagte, Hidao, was war das, was ist das, aber er hatte immer noch keine Sprache, zeigte auf meine Stirn, die blutete mir ins Gesicht, holte ein Hemd aus der Kajüte, davon riß er einen Streifen, den banden wir rum. Die Dämmerung war dunkler geworden, keine Sonne, dicke Wassertropfen fielen, woher kommen sie, wo ist die Sonne, was ist mit dem Himmel. Kein Flugzeug war zu hören, kein Fliegeralarm, ich stieg zum Kai rauf, da war alles wüst und zerstört.

Unsre Lagerschuppen waren eingestürzt, ein paar Männer wühlten in den Trümmern, die kenn ich nicht, drüben in Nishinagas Konservenfabrik war der Schlot mitten abgebrochen, das Kesselhaus zerschlagen, Scherben, Kästen, Fische, Karren, Taue und alles verstreut, Netze abgerissen, mein altes Netz zerfetzt an den Trokkenstangen, Hilferufe hier und hier, wohin soll ich sehen, zu den Bergen, die standen im Dunst um die Stadt von Qualm verweht, was ist mit Yaeko, wo ist sie jetzt, wo sind die Kinder, Hidao kam rauf, stellte sich neben mich, hast du die Bombe, die Bomben gehört? Er schüttelte den Kopf, Japan stirbt! Es war ein Feuer, sie haben eine Feuerbombe geworfen, Toshio ist tot, wir werden sterben, das waren seine Worte. Er hob die Möwe auf, ihre Flügel, das Gefieder war von oben versengt, sie zitterte, hockte auf seiner Hand, Blut am Schnabel, fiel um, als er sie auf den Boden setzte, spreizte die verstümmelten Flügel, blieb liegen. Eine Brandbombe bricht keinen Mast ab, eine Bombe explodiert. Ich habe keinen Knall gehört. Bleib beim Boot bei Toshio, ich will nach Koi zu Yaeko und den Kindern, warte hier. Wir machten das Boot achtern und am Bug fest, holten aus der Kajüte meine Tasche mit Essen und los.

An den Schuppen da arbeiteten die drei Männer in den Trümmern, komm hilf, hier liegen noch welche drunter die leben, ich kann nicht, ich muß nach Koi, ich schicke Hilfe, da steht Hidao immer noch auf dem Kai, der abgebrochene Mast, dreht den Kopf, ich muß nach Koi. Was für Bomben! Bomben! Der ganze Hafen diese Zerstörung, je weiter nach der Stadt je stärker, wo soll ich Hilfe holen, überall wird sie gebraucht, was soll ich tun, mein Kopf, das blutet immer noch, der Mast, ich brauche einen Arzt, woher kommt plötzlich dieser Wind, vom Meer, hier brennt ein Lagerhaus, keine Feuerwehr, keiner löscht, die Güterwagen brennen, der Wind da rein, was da verbrennt, da ist ja nichts zu retten, was ist mit Yaeko, waren sie im Keller, weiter, geh nicht in die Stadt, es brennt überall, ich muß nach Koi, du kommst nicht durch, sie haben Benzin ausgegossen, nein, es war Phosphor, ich muß durch, meine Familie ist in Koi, sie haben alle Wunden, im Gesicht, und an den Armen rote Flecken, Brandflecken, und Splitterschnitte, oder was, keiner geht mit mir zur Stadt, steht Hidao noch am Kai und wackelt mit dem Kopf? Er hat ja nichts gesehn, dieser Sturm, der facht die Feuer an, ich muß auf eine breite Straße, die Hitze, was sucht die alte Frau da in dem Haus, es stürzt gleich ein, was suchen Sie! Sie können nichts mehr retten! Mein Hund ist in dem Haus, der ist jetzt tot. Sie müssen weg, gehn Sie zum Hafen!

Mein Hund mein Chiro.

Das hier ist eine Prozession, die gehen nicht zum Tempel, die Flucht, die hat der Krieg noch nicht gesehn, solche Verletzungen solche, den Bäumen sind die Blätter abgebrannt, der Frau die Haare und die Kleider, vorn ist sie weiß, der Rücken glühend rot, da sind zwei Blumen drauf gezeichnet, weiß auf rot, was ist denn das, der Mann ja auch, zwei Hosenträger auf die rote Brust gemalt, und nackt das Gesicht, keine Haare, keine Brauen, da liegt er hingestürzt, kann ich ihm helfen, ich trag dich unter den Baum, da liegst du besser, mein Gott, er hat keine Augen, die sind ausgelaufen, die Lippen, die Nase verschmort, rohes Fleisch, Mann, lebst du noch, er lebt nicht mehr, gut für dich, daß dus hinter dir hast, da liegt noch einer nackt, der ist auch totgebrannt, jetzt bewegt er sich, kriecht, ein Regenwurm, Wasser! Ja Wasser, es gibt kein Wasser mehr, das ist verbrannt, vielleicht hat auch der Ohta kein Wasser mehr, heute verbrennt Hiroshima, weiter, ich muß da durch, es ist unmöglich, es wird immer schlimmer, was ist geschehn, in der Straßenbahn sind sie verbrannt, die Kohlenpuppen sitzen noch und stehn, fahren wohin aus dieser Welt, dort in dem Park, da muß es kühler sein, da sind schon viele, ich kann nicht mehr, vielleicht was essen, aber diese Hitze, hier ist es besser, unter den Bäumen, es gibt noch Grün, die Menschen, alles voll, alles Angst und still, kein Laut, das ist ein Krankenhaus, ein Friedhof, nur keine Ärzte, keine Totengräber, bist du mein Mann, ich kann nicht sehn, ist das dein Kind, es will nicht trinken an meiner Brust, ich bin verbrannt, bist du Akiri, wo ist Akiri, ach Michiko trink doch mein Kind, du bist kalt, ich werd Akiri sagen, daß ihr hier seid, danke ja, wir warten hier auf ihn, er soll schnell kommen, dieses Kind ist tot, sie sieht es nicht, sie merkt es nicht, sie ist schon wahnsinnig, da hilft nur Sterben, Sterben, warum sind die denn tot, so unverletzt, sie haben gar nichts und sind tot, he laß mich los, gib mir doch was zu trinken, ich habe nichts, laß mein Bein los, dahinten ist ein Brunnen, hol mir Wasser, ich komm um, nimm meine Mütze, ja mir auch, mir auch, was soll ich tun, gib sie her, ich wills versuchen, es hat keinen Zweck, ich muß hier raus, ich muß nach Koi, sie sterben doch, die hier, was ist, Yaeko, der Fluß, der Durst, Wasser endlich, trink nicht davon, sie haben es vergiftet, sieh die da, der Ohta ist vergiftet, sie kotzen sich voll, dieser Schmerz im Kopf, die Hitze im Kopf, wenn das nicht wäre, und jetzt rüber, die Brücke, alle über die Brücke, was für ein Zug, ich gehör nicht dazu, da kriechen sie noch hin, das warn Japaner, diese Krebse, die noch zucken und schon nicht mehr, gibt es so viel Tote an einem Tag, Gespenster mit den Armen in der Luft torkeln sie auf die Brücke, stürzen in den Fluß, jetzt auch noch Schwindel, ich da rüber, über Leichen klettern, diesen Berg, nein haltet mich nicht fest, vergebt mir, ich kann nicht bei euch bleiben, ich muß noch leben, vergebt, daß ich euch trete, sie halten mich, wo soll ich hinfassen, die Gesichter, Fetzen, Haut und Schleim, hilf mir doch raus, die Brücke brennt, nein laß mich los, ich will rüber, mein Kopf, das blutet, kann man das trinken das Blut, ich kann, das schmeckt wie Hitze, diese Hitze, Yaeko, ich muß weg, laßt mich, Yaeko, der Ohta, Wasser, Meer, Hidao wackelt, halt ihn doch still, mach los Toshio, den Nagel los, die Leinen, wir fahren, die Nacht so gut Yaeko, trinken, Milch, danke, los, Toshio, Yaeko, Nacht, die Nacht, die Nacht –.

Drei Nächte

Er war noch ganz benommen. Und plötzlich allein.

Fühlte sich ausgebrannt, aber angenehm trotzdem, ein angenehmes, ruhiges Befinden in einem Körper, der nicht mehr da war, nur noch ein großes unförmiges Gewicht, das auf nichts lag, langsam wegsank, in Dunkel, in einen unbegrenzten Raum, der sich dann wieder belebte, mit Wolken, mit weißen wolligen Bergen und Blau, eine Luftlandschaft, in der er schwebte, halb fliegend zwischen den Vögeln, über sie hinaus und wieder zurück in die nachgiebigen Wolkenbetten, wurde neu hochgetragen, breitete die Arme aus zum Flug, segelte, lautlos in der ungeheuren himmelweiten Stille, wagte nicht zu lachen, obwohl er Freude verspürte und Lust, eine zerreißende Lust daran, so frei durch den Raum zu schweben, so mühelos auf der Luft zu segeln und wie die Vögel ... Du – hörte er plötzlich an seinem Ohr ihre Stimme, da war der Körper in sich zurückgekehrt, total und ohne Übergang.

Er spürte ihre warme Haut neben sich, seine Hand noch auf ihrem gekräuselten Schamhaar, die kleine feste Wölbung ihres Venushügels, zog sie langsam fort, drehte sich auf die Seite, küßte sich bis zu ihrer Brustwarze, nahm sie zwischen die Lippen, mit winzigen Bewegungen der Zungenspitze, die dann gleich aufhörten, müde, sein Kopf legte sich zwischen die Andeutungen ihrer Brüste, er atmete tief ein, und mit der Luft kam ein Laut aus seiner Brust voll Befriedigung und Glück.

Ihre Hand kroch in sein Haar, kraulte seinen Kopf mit den Fingerspitzen, sie sagte, und wieder klang das in der Stille des Raums seltsam klar, wie hingeschrieben:

Ich dachte, du schläfst.

Ich habe geträumt, ich konnte fliegen.

Sie lachte, mußte husten, sein Kopf wurde unsanft geschüttelt, er richtete sich auf: Du rauchst zu viel Reni. Besorgt.

Komm du, red nicht. Erzähl mir was. Sie legte seinen Kopf wieder an ihre Brust. Was von dir.

Daß du gekommen bist, Reni. Als du heute mittag gesagt hast, du kämst, du, das hat mir einen Schlag gegeben, ich hab bloß immer auf die Uhr geguckt, wann endlich Feierabend ist. Und geglaubt hab ichs auch nur halb.

Bin ich nun da?

Ja, schön. Sagte er. Dein Herz schlägt ganz ruhig.

Ich hätt jetzt gern eine Zigarette.

Dann muß ich ja meinen Kopf wegnehmen.

Nur einen Augenblick – so.

Sie hatte sich etwas gedreht, die Schachtel vom Nachttisch genommen, zündete die Zigarette über seinem Kopf an, blies den Rauch lang aus. Und? sagte sie.

Ach Reni. Es war schön. Wunderschön.

Ja.

Findest du mich sentimental?

Sentimental sein ist auch schön, sagte sie ganz ernst.

Wie oft hab ich rübergeguckt zu euch, wenn ich mal im Konstruktionsbüro war, ob du mich vielleicht siehst. Und herlächelst. Aber das hat meistens nur geklappt, wenn ihr Frühstückspause hattet, oder du hast grade eine Materialkiste aus dem Regal geholt. Gelächelt hast du nur ganz selten.

Was meinst du, wie die andern Mädchen aufpassen.

Also hättest du schon? Wenn ich keinen weißen Kittel angehabt hätte?

Sie antwortete nicht, zog nur an der Zigarette.

Hättest du?

Vielleicht, sagte sie, und als sie seine Enttäuschung merkte: Ich hab doch auch manchmal gelächelt.

Ja, aber dann nach Altenahr nie mehr. Da warst du immer furchtbar ernst.

Ja Fritz. Sie strich über sein Haar, abwesend, drehte eine Strähne um ihren Finger, immer wieder, bis er seinen Kopf bewegte, ihre Brüste neu an seinem Gesicht fühlte.

Ich weiß noch, wie ich an der Anlegestelle von der Köln-Düsseldorfer geschaut habe, ob du mitfährst. Du bist mit dem Geisberg gekommen. Und hast dann dauernd mit ihm getanzt.

Mein Gott, war der nachher blau! Der konnt schon in Remagen nicht mehr allein vom Schiff. Hat die ganze Busfahrt verpennt.

Aber ich war sauer, Reni. Ich dachte, heut ist viel erlaubt, die Angestellten haben alle mit euch getanzt und getrunken, sogar der Chef, hat der Elsbeth den Hof gemacht, und der Dr. Klein mit der

Johanna, ganz offen. Und du hast auf dem Tisch getanzt! Das war rassig, du! Hätt ich mir gar nicht vorstellen können.

Was?

Ich meine, wenn du da in der Montage an deinem Platz sitzt, ihr singt ja manchmal, aber eigentlich seht ihr alle irgendwie grau aus.

Na hör mal, in den grauen Kitteln!

Oder in der Kantine, wenn du da schon mal den Kopf auf die Arme gelegt hast und schläfst.

Bist du nie müde auf Arbeit?

Doch, schon. Ich meins auch nicht so. Der Unterschied ist so groß. Du warst erst so ungeheuer lustig auf dem Betriebsausflug.

Sie richtete sich plötzlich wenig sanft auf, drückte seinen Kopf zur Seite, er sah sie erschrocken an, aber sie sah an ihm vorbei zur Wand. Sie schüttelte ein bißchen den Kopf, drückte die Zigarette im Ascher unter der Nachttischlampe aus: Ich war nicht lustig.

Das stand jetzt in dem kleinen Zimmer, sie wischte es nicht weg: Ich war nicht lustig.

Und hatte gesungen, barfuß auf dem Tisch getanzt, war, als der kleine Dampfer an den Landeponton stieß, halb gesprungen, halb gefallen, in den Armen des Chefs gelandet, der mit den andern um den Tisch stand und schunkelte, getrunken hatten sie da alle schon.

Ich hab dir meine Jacke gegeben, als wir an Land gingen, die hast du genommen, sagte er, aber sie schwieg.

Die Bilder vom Nachmittag, als die Sonne noch rauskam, mit dem Kollegen Becker und Maria, die für den kleinen Becker schwärmte, waren sie mit dem Sessellift auf den Berg gefahren, hatten zusammen Kaffee getrunken, da hatten die beiden Mädchen drauflos geschwatzt, über den Betrieb, den Chef, den Karneval, sie hatten nicht viel sagen müssen, und als die Sonne über dem Berg weg war, hatte sie wieder seine Jacke genommen, Becker und Maria wollten durch die Weinberge runtergehen, hatten noch gesagt, daß die Busse um halb sieben am Rebstock abfuhren, und Maria hatte dabei zu Reni geflachst, zu Fuß nach Kölle jon wär bestimmt nicht so lustig. Sie waren einen andern Weg gegangen, auf der Höhe, fast ohne Worte, fast quälend still nach dem vielen Lachen und Reden den Tag über, nur die bunten Weinberge drüben in der Abendsonne und die Burg waren ihm eingefallen, daß die schön waren, und manchmal war Musik heraufgekommen von Altenahr, aus einem Wirtshausgarten an der Talstation.

Als sie beim Lift ankamen, war es zehn nach sechs, und der

Betrieb war um sechs eingestellt worden. Sie war sehr erschrocken gewesen, aber er hatte gelacht, na wenn schon! Er hatte gehofft, sie würde auch lachen, ein Einverständnis andeuten, nichts davon. Komm schnell, hatte sie gesagt, seine Hand genommen und war losgelaufen, den Talweg, leichtfüßig mit ihren Slippern an den langen Beinen die Serpentinen hinunter, unten konnten sie nicht mehr rennen, die vielen Menschen, betrunken, untergehakt, im Zickzack waren sie da durch, er immer etwas hinter ihr, außer Atem, und am Rebstock war es Viertel vor sieben und beide Busse weg. Sie hatten noch etwas herumgesucht, in dem Gasthaus gefragt, dann am Ahrtalbahnhof nach einem Zug, nichts, keine Möglichkeit mehr, nach Köln zu kommen. Sie war einverstanden gewesen, in dem Gasthaus zu bleiben.

Er setzte sich neben ihr auf, so gut es ging in dem engen Bett, legte den Arm um ihre Schulter. Du warst so still damals, so fremd. Ich dachte, du hättst noch nie einen Mann gehabt.

Sie schüttelte ein bißchen den Kopf, blies die Luft durch die Nase, aber sagte nichts. Legte nur seine Hand auf ihre Brust.

Es war ein breites Bett gewesen, mit einer dünnen Decke und dem rheinischen Plumeau, sie hatte sich ausgezogen, bei Licht, nackt, ohne Scheu, sich schweigend unter die Decke gelegt, hatte auf dem Rücken gelegen, gewartet, bis er neben ihr lag, er hatte die Unterhose anbehalten und das Deckenlicht mit dem Zugschalter ausgemacht, eine Nachtlampe gab es da nicht. Er hatte sich an ihren reglosen Körper getastet, ihre Beine mit den Füßen gestreichelt, ihre Arme und vorsichtig ihre Brüste, dann auch mit den Lippen, den Hals gesucht, die Stellen hinter den Ohren, sie hatte sich nicht gewehrt, nur stillgehalten, aber den Mund hatte sie nicht geöffnet, als er sie küßte, und nichts gesagt, keinen Ton, auch dann nicht, als er sich auf sie gelegt und sie die Beine breit gemacht hatte, als hätte er ein Kommando gegeben. Und so war es dann auch nachher gewesen, trocken, hart fast, es hatte ihm erst weh getan, dabei hatte er das Gefühl gehabt, sie hätte keine Hände, sei gar nicht da, so fremd und unberührt hatte sie unter seine Bewegung gelegen, und ihr einziges Wort in der Nacht war nein gewesen, als er gefragt hatte, ob er aufpassen müsse. Er hatte das alles nicht verstanden.

Sag was, sagte sie.

Ich denke an unsre Nacht in Altenahr. Ich weiß nicht, was da los war. Ich hatte wirklich kein Geld für ein Taxi nach Remagen.

Warum war es nicht schön. Hätt es doch sein können. Du warst wie ein Brett, weißt du. Entschuldige, sagte er, als sie ihn rasch ansah. Ich hatte dann auch ein schlechtes Gewissen.

Ich hatte Angst, Fritz.

Angst? Warum. Vor dem Betrieb?

Nicht so sehr. Weil ich da in Scheidung gelebt habe. Wenn mein Mann das erfahren hätte. Sie hätten mich schuldig sprechen können.

Mein Gott, warum hast du das nicht erzählt, Reni!

Sie hob nur einmal die Schultern, seufzte. Weiß nicht. Ist ja auch lange vorbei, die Scheidung. Mein Mann hat nichts erfahren, die Frauen bei uns haben alle dicht gehalten.

Er nahm ihren Kopf zwischen seine Hände, küßte ihren Mund, suchte ihre Zunge, schmeckte den Raucheratem, aber es störte ihn jetzt nicht, sie legte die Arme um seinen Hals, preßte sich an ihn, drängte ihre Zunge in seinen Mund, küßte ihn wieder und wieder, biß ihn plötzlich in die Lippe, lachte, lachte ihn an: Was denkst du, was los war, bei uns in der Montage, am Montag!

Hast du was erzählt?

Ich hab gesagt, daß wir zwei Zimmer hatten.

Und der Meister?

Der! Der würde am liebsten mit allen poppen. Kriegt bloß keine. Dachte gleich, jetzt müßt ich ihn ranlassen. Giftig war er. Schikaniert hat er mich, daß er was fallen lassen könnte bei uns, wo ich war die Nacht. Aber da haben die Mädchen zu mir gehalten, da hat er nichts zu lachen gehabt, der Drecksack. Hat sich nichts zu sagen getraut.

Mir hat der Becker ausgerichtet, daß ich gleich runter sollte zum Dr. Klein. Der hat mir sein großes Befremden ausgedrückt. So etwas könnten sich Angestellte des Hauses nicht leisten. Aber ich hab mir nichts gefallen lassen, wir waren zehn nach halb am Rebstock, wegen dem Lift, hab ich gesagt. Ein Bus hätte wenigstens ne Viertelstunde warten müssen. Ich hab gefordert, die Firma müßte mir die Kosten ersetzen, die ich für uns ausgelegt hab.

Und er?

Daß er nicht gezwinkert hat, war alles. Das Geld hab ich natürlich nicht gekriegt. Ich glaube, die ganze Geschäftsleitung hat über unsern Fall konferiert.

Sie lachte wieder, streichelte ihm das Haar aus der Stirn: Konferiert! So sprichst du immer mit deinem Freund Becker, nicht?

Na ja, beraten, sagte er. Weißt du, Reni, am schlimmsten war für mich hinterher, der Vormittag, und daß wir uns dann so lange nicht gesprochen haben. Du hast mich überhaupt nicht mehr angesehn.

Es ging nicht, sagte sie.

Wenn dus mir wenigstens auf dem Rückweg erklärt hättest. Es war, als wärn wir fremde Menschen. Dabei war so viel Zeit.

Du hast immer an der Straße gestanden und gewinkt.

Weil du so unnahbar warst!

Was sollte ich sagen? Daß ich einen Haß hatte?

Sie gab ihm einen schnellen Kuß in sein bestürztes Gesicht. Siehst du. Mußt nicht so viel fragen.

Einen Haß? fragte er trotzdem, auf mich?

Nein. Ich glaube nicht.

Als er aufgewacht war, war das Bett neben ihm leer gewesen und schon kalt. Er hatte sofort die Gewißheit gehabt, daß sie weggefahren war. Bis er gemerkt hatte, daß seine Jacke verschwunden war. Trotzdem war er fast erstaunt gewesen, als er sie unten vor der Tür auf der Vorgartenmauer sitzen fand, durchgefroren, die Jacke eng um die mageren Schultern gezogen. Er war verwirrt gewesen, hilflos, hatte das Gefühl gehabt, etwas Schlimmes verschuldet zu haben und nicht gewußt was, nur Vermutungen, die er aber nicht auszusprechen wagte in diese Kälte, und hinterher, auf der Fahrt, war es eher noch schlimmer, noch quälender geworden. Er hatte gewünscht, daß er sich nie in diese Angelegenheit eingelassen hätte, die plötzlich so unmöglich und bitter schien. Und war froh gewesen, daß sie von der Deutzer Brücke allein hatte nach Kalk laufen wollen.

Ich habe mich betrunken, den Samstag.

Gut, sagte sie. Ich habe Schläge gekriegt, weil ich bei Maria geschlafen hab.

Von deinem Mann?!

Schau nicht so entsetzt. Das gibts doch.

Mein Gott, Reni. Und ich konnte niemand nach dir fragen, im Betrieb. Ich wußte ja nicht mal, wo du wohnst!

Weißt dus denn jetzt?

Er zögerte.

Ungefähr. Die Straße. Ich bin dir mal nachgegangen, neulich, nach Feierabend. Die Deutz-Kalker. Sagst du mir die Nummer jetzt?

Ich bin da ausgezogen. Erzähl mir noch was von dir. Hast du viele Frauen?

Seh ich so aus?

Die Mädchen denkens. Von Weiberfastnacht noch. Und dem Abend bei Frau Kruse.

Und du? Denkst dus auch?

Weiß nicht. Könnt schon sein.

Ich hab eine Freundin in Hamburg. Aber wann komm ich da schon hin.

Wirklich? Sie schaute ihn an, von der Seite, mit schiefem Kopf.

Willst dus so genau wissen?

Nein, sagte sie, will ich nicht.

Ist es dir egal?

Es ist wie es ist, sagte sie schnell, und mit einer ganz anderen, unsicheren Stimme: Küßt du noch einmal meine – meinen Busen?

Ja Reni! Oft!

Er machte sich los von ihrem Hals, beugte sich über ihre Brust, nahm die flache Brustwarze zwischen die Lippen, saugte daran, bis sie herauskam, umspielte sie mit der Zungenspitze, sog das zarte Fleisch in seinen Mund, ließ wieder los, sie drehte ihre andre Brust seinem Gesicht entgegen, fest, flüsterte sie, fester, krallte die Finger in sein Haar, ihr Oberkörper wölbte sich vor, ihre Beine bewegten sich, er hörte ihre kleinen Seufzer, Wohllaute, zugleich der Schmerz im Hals, der verrenkt war, er ließ sie los, massierte die Stelle: ein Krampf! Wo? sagte sie gleich besorgt, schlimm? und rieb seinen Nacken. Er drehte den Kopf ein paarmal hin und her, ließ sie reiben, obwohl der Schmerz schon verschwunden war.

Ach schön, sagte sie. Du – was du kannst.

Aber kalt ist mir jetzt doch, sagte er.

Ja komm, unter die Decke, und rutschte gleich runter. Er wollte, daß sie ihren Kopf auf seinen Arm legte, an seine Brust, sie hatte Mühe damit, weil ihre Füße unten an die Bettwand stießen, sie mußte die Beine anziehen, aber es ging doch. Er roch ihr Haar, es war kein Parfüm drin, duftete nach Haut und Rauch, er zog den Geruch tief ein, biß in die kurzen Locken, kaute sie zwischen den Zähnen, daß er es knirschen hörte.

Plötzlich kicherte sie an seiner Brust.

Was ist?

Du, die Maria sagt, du erinnerst sie an Heino!

Er schob ihren Kopf von sich: im Ernst?

Ist doch nicht schlimm, Fritz. Heino singt schön, findest du nicht?

Erinner ich dich auch an den?

Ich wär nicht drauf gekommen. Maria vergleicht immer die Männer mit ihren Schlagerstars. Wenn sie interessant sind. Vom Becker findet sie, daß er wie Roy Black ist.

Das muß ich ihm erzählen, lachte er.

Nee bloß nicht! Tu das nicht! Das wär ihr furchtbar peinlich. Sie hängt am Becker.

Aber er ist verheiratet, Reni! Zwei Kinder hat er.

Ist doch egal. Sie meints ja nicht so. Sie muß sowieso jetzt heiraten.

Ehrlich? Warum.

Warum! Sie ist im dritten Monat. Dummkopf. Sag mal – der steht ja schon wieder!

Wenn du ihn so anfaßt –

Du hast doch mehr Frauen, gibs zu.

Du hast Hände, Reni, wenn du willst.

Schön? fragte sie.

Ja. Sehr.

Bei dir kann ich das.

Was?

Anfassen.

Sie strich mit ihrer Rechten leicht über seinen Bauch, seine Hüften und Brust, wieder zurück zu den Leisten und Schenkeln, eine sehr zarte Liebkosung, er lag reglos, fast mit angehaltenem Atem folgte er der Bewegung ihrer Hand, lauschte ihr von innen nach, mit einer angenehmen Spannung zugleich, wohin diese fliegenden Schauer unter der Haut sich nun orientierten, in Wellen verliefen, ausstrahlten –

Wir können selten Handschuhe tragen bei der Arbeit, sagte sie. Die älteren Frauen, hast du mal ihre Hände gesehn?

Die Worte rissen ihn wieder zurück in den Kopf.

Einmal hatte er Marias Hände bemerkt, sie war ins Labor gekommen, hatte geschmolzene Brennerplatten zur Untersuchung gebracht, der abgeplatzte Nagellack war ihm aufgefallen, die zwei dicken Warzen auf dem Handrücken und wie sie ihre Hände gleich weggenommen hatte, nachdem sie Becker die Fehler gezeigt hatte.

Creme hilft da auch nicht viel, wie?

Ein bißchen schon. Schau, jetzt ist es wieder ein kleiner Pimmel.

Ja, sagte er traurig, und sie beugte sich über ihn, lächelte ihn an, küßte ihn auf die Nase: Darf ich jetzt noch eine rauchen? Da zog er ihren Kopf herunter, gab ihr einen Kuß mit weichen Lippen, ließ ihn los, sagte: So, jetzt. Und langte selbst nach dem Päckchen auf dem Nachttisch, zündete die Zigarette an, steckte sie ihr in den halb geöffneten Mund, sah, wie sie fast zärtlich auf den Filter biß.

Warum habt ihr uns eigentlich eingeladen zu der Frau Kruse?

War Marias Namenstag.

Nur deshalb?

Vielleicht wollte sie noch mal mit dem Becker zusammen sein?

Er hatte das schon am Nachmittag gesehn, daß bei den Frauen in der Montage eine Flasche umging und der Meister von ihnen auf den Arm genommen wurde. Maria war dann mit Lieschen Neske zu ihnen ins Labor gekommen, sie hatten auf Maria einen trinken müssen, Becker war sehr verlegen gewesen, als Maria vor den Laborantinnen von ihm einen Namenstagskuß forderte, und die Einladung zur Feier bei Frau Kruse hatten auch nur sie beide gekriegt. Becker hatte zu Hause angerufen, sie waren mit seinem Wagen direkt vom Betrieb aus hingefahren, hatten suchen müssen, bis sie das richtige Haus in dem Nachkriegswohnblock fanden, und Becker hatte vorher noch einen Blumenstrauß für Maria gekauft. Er hatte sich gefragt, ob Becker sich wirklich was aus dem Mädchen machte oder nur ein bißchen mitspielte, aus Gutmütigkeit. Er hatte das nicht herausgefunden, hatte ihn auch nicht gefragt, weil Becker nicht über Persönliches sprach.

Ich wußte nicht, daß du auch da bist, Reni.

Aber ich wußte, daß du kommst, lachte sie.

Ich hab gedacht, Maria hat mich nur eingeladen, damit der Becker überhaupt kommt. Als du da gesessen hast zwischen den andern, du, da ist mir ganz heiß geworden!

Du hast schon ein komisches Gesicht gemacht.

Hab ich sicher. Wir hatten uns seit Altenahr nicht gesprochen, außer bei Weiberfastnacht. Aber da hast du auch nichts gesagt.

Nichts gesagt?

Ich meine, daß ich was kapiert hätte.

Es war voll gewesen in dem kleinen Wohnzimmer, noch drei, vier Frauen aus dem Betrieb und zwei jüngere Arbeiter, die sie kaum kannten, Frau Kruses Mann war auf Schicht gewesen, bei KHD. Und bald sehr heiß, sie machten die Fenster nicht auf, weil das schwere Frühlingswetter den Gestank der Chemiefabrik zwischen die Häuser drückte, dazu der Alkohol. Er hatte neben ihr gesessen, auf der Couch, fremd erst, hatte sich linkisch gefühlt, Becker war viel besser zurecht gekommen mit der Situation, obwohl er das Platt auch nur halb verstand in dem Durcheinander von Stimmen und Musik, Maria hatte ihn ganz offen geküßt, er hatte da bloß gelacht und die andern auch.

Meinst du, daß der Becker mit ihr geschlafen hat?

Sie schüttelte den Kopf. Der ist doch bald gegangen.

Du, wie du mich geküßt hast, auf dem Flur, beim Tanzen, das hat mich richtig – verzaubert.

Sie lachte nicht, sagte nur: War das was Besonderes?

Fragst du – das war der erste Kuß, den du mir gegeben hast!

Du warst schon lieb an dem Abend, Fritz. Fanden alle. Wie du versucht hast, Kölsch zu sprechen mit uns.

Ich hab einen sitzen gehabt.

Sie waren wirklich alle sehr nett gewesen zu ihm. Besonders die Frauen. Auch zu Becker. Er hatte sich von dem Augenblick an dazugehörig gefühlt, wo die Frau Kruse gefragt hatte, ob sie Hunger hätten, und ihnen in der Küche zwei Teller Kartoffelsalat auf den Tisch gestellt hatte. Und wie dann der eine Arbeiter mit Lieschen Neske ins Schlafzimmer gegangen war, neben dem Wohnzimmer, und sie waren eine lange Weile darin geblieben, im Dunkeln, und keiner hatte davon Notiz genommen.

Was hast du eigentlich gedacht, als die Frau Kruse plötzlich reinkam, wie wir beide auf dem Bett lagen?

Was soll ich gedacht haben?

Hast du keine Angst gehabt?

Da nicht.

Ich hab mich sehr erschrocken.

Ja, der ist gleich ganz klein geworden. So wie jetzt.

Aber nicht lange, lachte er.

Auf dem Bett war ein dickes Federbett gewesen und eine Steppdecke, sie hatten quer darüber gelegen, waren tief eingesunken, die Kleider hatten sie gestört, die sie nicht ausziehen konnten, aber er war so voll Überraschung und Freude gewesen von ihrem Entgegenkommen, er hatte die ganze Zeit das Gefühl gehabt, daß es nicht wahr war, viel zu unwahrscheinlich für die Wirklichkeit. Es hätte ein Traum sein können, wenn nicht gleichzeitig dieser Kampf gewesen wäre mit den Hosen und ihrem Büstenhalter und den Betten. Und nachher die andern im Wohnzimmer. Er war zuerst hinausgegangen, hatte sich sehr selbstverständlich auf den Platz gesetzt, wo sein Glas noch stand, mitgelacht über einen Witz, aber gleichzeitig Blicke auf sich gefühlt, sich gefragt, ob man ihm etwas ansehen könne, und eine ganze Weile auf eine anzügliche Bemerkung gewartet, die nicht kam. Reni hatte dann auch wieder da gesessen, ohne ihn zu berühren, und hatte schön und ruhig mit den andern gesprochen.

Du, Fritz – sagte sie, sehr leise.

Ja?

Ich muß jetzt gehn, weißt du –

Sie legte ihm gleich die Fingerspitzen auf den Mund: Sag nichts. Ich muß zu meiner Tochter.

Er lag starr, hatte plötzlich das Gefühl von großer Kälte, wußte sofort, daß es keine Möglichkeit gab, sie zu halten. Er hörte sich sagen: Ich dachte, du bleibst bis morgen. Sie küßte seine Brust, seinen Hals, sah ihm in die Augen: Schau nicht so vorwurfsvoll, sagte sie fast ohne Ton, ich kann nicht bleiben, und drückte ihm mit den Lippen die Augen zu, als in ihre Tränen kamen. Sie stand auf, er versuchte nicht, sie festzuhalten, er hörte die Geräusche ihrer Kleider und Gummibänder, hörte, daß sie eine Zigarette anzündete, den Rauch ausblies. Mit einer Anstrengung öffnete er die Augen, sie stand am Fenster, sah hinaus, die Zigarette dicht am Mund in der Hand, die sich am Fenstergriff hielt.

Reni, wollte er sagen, mußte sich erst räuspern, daß sein Hals frei wurde, und das Geräusch davon war überlaut – kommst du morgen wieder?

Sie schüttelte den Kopf.

Wann kommst du wieder?

Ich weiß nicht.

Als er die Decke zurückschob, aufstand, drehte sie sich um, kam einen Schritt auf ihn zu: meine Schuhe.

Er tastete vor dem Bett, fand sie, hielt sie ihr hin. Sie drückte die Zigarette aus, zog die Schuhe an, gebückt vor ihm einen Augenblick, richtete sich auf, stand vor ihm, ein Stück größer als er, der barfuß war und nackt. Sie streckte die Arme aus nach seinem Kopf, zog ihn zu sich heran, küßte ihn auf den Mund, sah ihm in die Augen, sagte: Lieber.

Er stand noch mit hängenden Armen, als sie ihn losließ, ihre Tasche nahm, zur Tür ging, sich nicht mehr umdrehte, sie leise ins Schloß zog.

Der Steinbruch

Der enge Weg zog sich aufwärts durch das Knüppelholz. In Sonnenlöchern hingen bunte Fliegen, Spanner flatterten aus den Eichenbüschen. Von fern schüttelte Preßluftbohren die Luft. Bis auf den Hügelbuckel, dann seitab ins Dickicht. Spinnweben beklebten sein Gesicht, er ging vorweg, Schwarzdornzweige hakten und rissen an ihren Kleidern. Trockne Kienäpfel krachten unter den Sohlen. Die Halbrundlichtung, Ginster Birkenschößlinge Heide Moos. Die Steilwand.

Aus dem Bruch drückte die Hitze rauf. Der Fels stürzte erstarrt holprig nach unten über Brocken und Klumpen zu den kleinen Arbeitern. An der offenen Seite des Dreiviertelkraters lag die Gegend endlos. Er schaute seine Augen voll, Basalt Wälder Hügel Dörfer Straßen zum Horizont, sagte: Das ist gut hier, hier können wir bleiben, stellte seinen Rucksack ins Kraut. Es war spät am Vormittag. Sie stand neben ihm und schaute mit.

Ja, es ist schön, staunte sie, es ist alles da.

Sie ging vorsichtig bis zum Rand, hielt sich an seiner Hand, sah runter. Unten hob der Motorschaufler abgesprengtes Gestein in die Kastenloren. Zwei Männer gegenüber bohrten Löcher in die Wand.

Es dauert bestimmt noch eine Stunde. Wir können uns hier hinhaun und sonnen.

Das wär nicht schlecht, sagte sie, ich schwitze wie ein Pferd.

Er breitete die Decke in eine flache Kuhle, warf Hemd und Hose drauf.

Sie saß auf der Decke, den Kopf auf den Knien, sinnierte durch die Büsche davon.

Hier brauchen wir nichts anhaben, hierher kommt kein Mensch!

Meinst du, sagte sie von woanders her.

Dann war sie wieder zurück, lachte ein bißchen, räkelte sich, knöpfte an ihrer Bluse. Er kam sich sehr nackt vor und bleich, in der bunten Natur und bei ihr, ein weißer Stadtkörper, legte sich schnell auf den Bauch. Sah die Raupenschaufel einen beladenen Lorenzug zum Abhang schieben, als sie neben ihm mit ihren Sachen zu Gang war. Er war sehr gespannt, erwartungsvoll und gelassen zugleich.

Du – fragte sie.

Er sagte mmh und sah zu ihr.

Sie war blank und glänzend in der Sonne, den Kopf auf den Armen, unter dem Arm drückte sich ihre Brust vor. Ihn blendete ihre weiße Haut, er blinzelte aus einem Auge, legte seine Hand auf ihre Schulter rüber, sie schmiegte ihren Kopf dagegen, rieb ihre Wange an der Hand. Sie hatte die Augen zu, den Kopf wieder auf den verschränkten Armen. Er ging mit seiner Hand und seinen Augen umher, gewöhnte sich an ihren breiten Rücken mit den Halterstriemen und den Leberpusteln, fuhr durch die Beuge ihrer Hüften und den Berg, vor dem er erst erschrak, den Berg zu ihren großen Backen rauf, die zitterten unter seiner Berührung. Er fühlte, wie es unter seinem Bauch sich regte, wuchs, das Ding, dachte: Kerl, laß dir Zeit, beruhig dich, und preßte ihn gegen den Boden, erstickte ihn, lag still.

Er hatte die Augen zu, besah die rotvioletten Netze und Quallen hinter seinen Lidern, döste in Gedankenfetzen. Die Hitze sickerte tiefer in die Haut, brannte sich ein. Das ununterbrochene Bohrerknirschen, der Dieselmotor, der Kompressor, Meisen Finken im Gebüsch – die Geräusche kamen von weit außen angeschwommen. Nur eine Fliege war manchmal aufdringlich nah. Dann war es still.

Sie merkten es zugleich. Er sagte: Jetzt gehts los – ja, guck mal – hockte sich an den Felsrand hinter einen Busch, die Arbeiter gingen, schlenderten zu der Bude, wo die Loren ins Tal geseilt wurden.

Sie machen bloß Mittag.

Wollen wir nicht auch was essen?

Nee, bei der Hitze.

Er schlug sich ein Stück ins Gebüsch, mit Sandalen, spritzte einen Strahl im Bogen ins Laub, freute sich daran, nackt im Wald zu pinkeln. Dies Gefühl von Freiheit.

Sie sah ihm entgegen, sie ließen ihre Augen nicht los, bis er bei ihr war, da lachten sie. Er nahm ihr Gesicht in seine Hände, schloß mit den Daumen ihre Augen, ertastete mit seinen Lippen ihren Mund, öffnete ihn, suchte nach der Zungenspitze, war ganz konzentriert auf diese spielende Bewegung der beiden Zungen, die ihn elektrisierte, daß sein Ding sich reckte. Sein Ellenbogen schmerzte und seine Hüfte, er ließ ihr Gesicht, die Augen blieben zu, war in seiner Hand, den Fingerspitzen, wie sie zu der großen Brust gelangten, die hing an ihrer Seite schwer auf die andre runter, sie umgingen, hin zu der festen Warze, die andre ausgruben, bis sie sich ganz auf den

Rücken drehte, sich lang streckte, seinen Kopf griff und herunterzog auf ihr Gesicht. Er rieb seine Brust auf ihren Brüsten, verstärkte so die Berührung, dachte, wieviel mehr hat sie als Lise, verscheuchte den Gedanken, der ihn fortzog, mit den Lippen fing er sich eine Knospe, sog sie ein, den Mund voll warmem Fleisch, die andre auch, sie krauste in seinen Haaren, seine Hand lief über ihren Nabel zu den Schenkeln um die Backen durch die Weichen in den Flaum, zwirbelte an den Locken, legte sich vor ihren Eingang, sie preßte sie mit ihren Schenkeln, er war irgendwo ganz außer sich, er war in seinem Ding versammelt, das brannte ihn, es schob sich über den Schenkel in die Mitte, suchte die Öffnung. Die war zu.

Jetzt hat sie Angst wie heute nacht.

Warum hast du wieder Angst?

Sie kam aus ihrem Innern mit traurigen Augen, sah ihn an, wortlos.

Er spürte seinen Herzschlag, den Atem durch die Nase. Da lief ein kleines Lächeln um ihren Mund, die Lippen öffneten sich, die küßte er, er schmeckte den Hauch aus ihrer Kehle, der roch nach Schlafen und nach Tier, der schoß ihm in den Leib. Sie tauchten wieder fort ins Dunkel. Ihr Körper war feucht, die Wärme von außen und von innen, ihre Beine lösten, entspannten sich, er nahm sein Ding in die Hand, suchte, fand ihm seine Reuse, drängte es langsam vor in die Innenhitze, ließ es allein sich schaffen und bewegen, sich eine Grube graben und allmählich seinen Tanz anheben. Er war sehr bewußt hinter verschlossenen Augen, dachte, ich habe eine Lokomotive, gebe Dampf, die Pleuelstange schiebt sich in die Buchse, geht zurück, hinein zurück hinein, die Fahrt nimmt zu, auch sie begann zu leben, sich zu drehen und zu heben und zu senken, er verlor sich aus dem Sinn, aus seiner Kehle kamen Laute, Knurren Stöhnen, er preßte seine Finger in ihre Backen, sie hatte ihn umklammert, seine Lippen waren taub, hielten ihre nicht mehr, das Ding da drin war dicht am Verglühn, da ließ er nach, zerrte seine Augen auf, das blendete, berührte ihre Lider, bist du noch da? und dieses Lächeln geborgen in den dunklen Augenkreisen, er sah sein Spiegelbild auf den Pupillen, ein dickes verzerrtes Gesicht.

Er fiel auseinander: mit langen Stößen schwamm er ruhiger innen weiter, während er außen in seinen Blicken aufging, in Deckenmustern Heidehummeln Ginsterfiligranen erst, in der Basaltwand gegenüber dann mit den rostroten Felsbuckeln, in dem ganzen ausgebreiteten Wald und Wolkenland, wie es sich durch den

Kraterausschnitt und darüber zu ihm bot. Er hatte zwei Gefühle, die durchkreuzten ihn: die Weite in den Augen im Gesicht und die warme Verborgenheit in seinem Ding in ihr, er war konzentriert in seinem heißen Körper und doch frei von allen Grenzen bis an den Horizont, ich bin so groß wie nie zuvor, ich bin vom letzten Ende meines Blicks durch mich hindurch bis in den Bauch der Frau der Mutter Erde, ich bin das Eins von Leib und Geist, der Widerspruch, die Kluft ist aufgehoben, ich bin im äußersten Geschehn und innigsten Gefühl: ich lebe.

Ohne Augen ohne Licht versank er wieder ganz in seinem Körper, in der rhythmischen Bewegung, im Schlingern Stampfen Rollen, ich bin das Schiff du bist das Meer, mein Bug bohrt sich ins Wasser, taucht auf und in die neue Flut. Er war ihr ausgesetzt, anheimgegeben, der Sturm nahm zu, die Wellen klatschten ihre nassen Körper aneinander, er krampfte sich in ihre Haare, du, stöhnte sie, du, du, da kochte es heran, es schäumte zuckend hoch und spülte über ihn, und er ging unter, er ertrank, die Innenwelt war ausgestoßen, er war leer.

Er war in die Außenwelt geschaltet. Er fühlte in ihren vergehenden Bewegungen den spitzen Schmerz in seinem Ding, hörte plötzlich ihren Atem durch die offenen Münder, keuchend, stützte sich auf die Arme, sah in der schrillen Sonne die Flammenzeichen unter der Haut an ihrem Hals, zwischen den Brüsten und in der Magengrube standen Lachen Schweiß, den wischte er mit seinem Hemd weg und über ihre Stirn und seine. Er blieb noch bei ihr in ihr wie er konnte, aber sein Kopf war ihm zu schwer, sank auf die Seite neben ihren, sie drehte sich herum, klemmte sein Ding noch mit den Beinen fest und tat kein Auge auf. Er sah aus einem Auge ihre schönen Lippen, entspannt, feucht schimmernd und wie von einem Wind bewegt, dachte: du schöner Mensch, du, deine Rosenmünder, sah, daß sie schlief, die Poren in der Haut als Landschaft, den entzündeten Mitesser, die Augenfalten, blonde Härchen beperlt im Nasenloch. Die verschlossenen Lider ihres Auges rutschten auf die Stirn, das Ohr hing kraus an ihrer Wange, der Kopf lag in gelbem Sand, sein Kopf lag im Sand, er war von heißem Wüstensand verschüttet, der wehte ihm in die Ohren und die Nase, hüllte seinen Kopf ein, drohte ihn zu ersticken, da war eine Möwe, umflog sein Gesicht in engen Kreisen, befreite es mit ihrem Flügelschlag vom Sand, er sah das Meer blauruhig mit einem weißen Dampfer der sich näherte, er wollte laufen winken, kriegte aber seine Glieder noch nicht los, über dem Schiff stieg eine Dampfwolke hoch, er hörte den Ton der Sirene schnell lauter werden, die Sonne stach ihm in die Augen, er war wach, sah ihr Gesicht, das sich auch öffnete vor seinem: Du, das ist das Sprengsignal!

Ja bestimmt, schau mal!

Er küßte ihre Brüste mit den Lippen, Abschied, strich seine Hand über ihr Gesicht, zog ihn vorsichtig das letzte Stück aus ihr zurück, der hing leblos an ihm, und als er stand schämte er sich für seinen kleinen Schnips, der häßlich war, ein fremdes Stückchen Haut.

In dem grell ausgesonnten Steinbruchkessel war es ruhig. Zwei Arbeiter hantierten bei den Bohrlöchern an der Wand gegenüber, die andern gingen schon zu dem betonierten Unterstand im Zentrum des Platzes. Drüben am Abseilschuppen geschützt zwischen Loren der blaue Räumschaufler. Aus dem Tal heraus das Knirschen des Brechwerkes leise, bis in den zweiten Warnton der Sirene.

Ich glaube, jetzt gehts gleich los.

Sie kam hoch. Wie sie da stand, mit dem breiten Gesäß, dem Bauch und den Brüsten lose darüber hängend, sah er die Venus von Willendorf, die Frau, die Frau zum Gebären und Nähren gebaut, und war froh, daß er festes Fleisch an den Gliedern hatte und Muskeln und eine harte Brust. Sie zog die Jeans an und ihre Bluse, ich komme gleich, mach aber schnell, und verschwand in die Büsche.

Er legte die Decke dicht an den Absturz, holte sein Fernglas. Der letzte Arbeiter, der Sprengmeister, ging an ein paar Zündschnüren entlang zum Unterstand, am Eingang Zündbatterien, die nahmen sie jetzt in den Bunker. Der Steinbruch war leer, leblos. Die Wand hatte eine heiße flimmernde Starre an sich. Drei große Felsbrocken lagen wie eben abgebrochen im Geröll.

Sie stand breitbeinig über ihm: Dein Rücken ist schon ganz rot, zieh dir bloß was an, sonst machst du heut nacht kein Auge zu! warf ihm sein Hemd auf den Rücken.

Danke. Komm lieber runter, die schießen gleich.

Er gab ihr das Fernglas. Sie hatte Brote aus dem Rucksack geholt und Äpfel, kaute an einem, er kriegte auch einen.

Da war das dritte Signal. Der eine Block tat einen kleinen Satz, spritzte Klumpen in die Höhe, barst, zwei Explosionen fast in eins knallten herauf, Prasselgeräusche, drei Blitze aus dem zweiten Klotz, der sprang aus seinem Fundament, zerplatzte in Klamotten, die scharfen Schüsse Kanonenschläge und das scheppernde Echo der

Brockenmeteore von allen Seiten, da ging der dritte hoch, eine Steinfontäne aus der Mitte geschleudert, brach gemächlich fast in ein paar Stücke auseinander, die Explosionen scharf und schneidend, Trommelwirbel bis in einzelnes Geklimper und Geklatsch, und Ruhe, durch die Pulverdampf blau unbeteiligt vor der Wand aufschwebte, Kollersteine noch den Hang belebten.

Ein Feuerstrahl horizontal am Fuß der Wand überglänzte da den Sonnenkessel, die Luft explodierte bis in seine Ohren, Basaltgeschosse sprühten in die Gegend, der Berg, der Boden zitterte, aus der Stufe in halber Höhe schossen eine zweite Flammengarbe und Steine vulkanisch aus dem Fels, der Donner rollte in das Land davon, die Brocken jagten sich ins Blaue, einen Atemzug lang zögerte sie noch, dann brach die Wand, sackte mächtig in sich zusammen, zerriß in Schutt und Klumpen, eine Staubwolke qualmte hoch, von oben träufelte es faustdicke Mauken in den Krater, an allen Hängen rieselten noch eine Weile die aufgescheuchten Kiesel, dann blieb der blaue Dampf, der langsam aufstieg und zerflatterte, die einzige Bewegung. Drückende Stille füllte den Steinbruch. Nacktschwarz stand die neue Wand über den Trümmern. Aus dem flimmernden Himmel schrie ein Bussard. Das Schlußsignal machte sich breit. Die Arbeiter kamen aus dem Bunker.

Sie kniff ihn in den Arm.

Du, sagte sie, du – wenn die wüßten! Und lachte.

Eine Geburt

Als sie kam, war es fast drei. Sie sagte, es zöge jetzt so in der Leistengegend. Da stand ich gleich auf und sagte: Dann zieh dich an, wir fahren. Ich wusch mir durchs Gesicht, fror, meine rechte Hand zitterte etwas, ich zog aber nicht viel an, weil ich dachte: Im Krankenhaus ist es warm. Auch die dünnen Socken, ich wollte nicht an den Füßen schwitzen. Sie war schon fertig, wir nahmen den Koffer mit den Sachen und gingen runter.

Es war sternklar, Mond, kalte Windstille. Sie setzte sich möglichst bequem, hatte aber nicht richtig Platz. Trotzdem ging es. Der Motor sprang gleich an, wir fuhren schnell. An den Ampeln fuhr ich langsam und bei Rot über die Kreuzung, mit der Entschuldigung neben mir. Ich zitterte immer noch vor Kälte und Aufregung. Sie schwieg. Die Straßen waren autoleer. Ich fragte, ob schon wieder eine da war. Ja, eben, sagte sie, und vorhin.

Am Krankenhaus fuhr ich bis vors Portal. Sie ging gleich rein. Ich stellte den Wagen ab und ging hinterher. Die Schwester Pförtnerin fragte nach allen Personalien, lang, ohne Eile. Mich wunderte, daß sie nicht auch noch aufschreiben wollte, ob wir Jungen oder Mädchen bevorzugten.

Eine kleine Brillenschwester kam und bot ihr einen Stuhl, aber sie wollte stehen. Ja, sagte die Schwester, manche stehen lieber.

Jetzt können Sie durch die Tür links den Gang runtergehen, ich rufe die Hebamme inzwischen, sagte die Dicke, und telefonierte mit Schwester Elisabeth.

Draußen kam uns das junge Mädchen schon entgegen. Ich bin Schwester Elisabeth, und wir stellten uns auch vor. Kommen Sie doch gleich mit, ich muß Sie erst mal untersuchen. Sie bleiben so lange bitte hier im Warteraum. Ich sagte, machs gut, und laß mich gleich rufen.

Als die Tür zu war, war ich mit der Stille allein. Ich räusperte mich, hängte meinen Mantel auf und dachte, wenn sie nur keine Schwierigkeiten machen mit dem Dabeisein. Es dauerte eine Weile, ich nahm ein Heft über christliche Baukunst und legte es wieder hin.

Von Buber holte ich Reden über die Erziehung aus der Tasche, aber ich konnte mich nicht konzentrieren. Ich wartete. Ich dachte, nun ist es so weit, und wir haben es nicht verhindern können, nun hilft es auch nichts mehr, nun müssen wir es zu dritt schaffen, es ist egal.

Da war Schwester Elisabeth. Sie gefiel mir. Sie sagte, ich könne jetzt kommen. Es ist schön weich und schon etwas offen, das Kind liegt ziemlich tief.

Wie lange wird es dauern? fragte ich.

Das kann ich nicht sagen, meistens an die zwölf Stunden und mehr, selten geht es auch mal sehr schnell, aber das ist sehr selten, Sie müssen schon Geduld haben. Eine Frau ist schon seit gestern abend hier, und das kann noch lange dauern.

Es war vier vorbei. Sie kam aus dem Untersuchungszimmer heraus, schon ausgezogen, im Nachthemd und den kaputten weißen Slippern. Wir hätten doch noch ein Paar Hausschuhe kaufen sollen. Wir gingen zu dritt in ein anderes Zimmer, das sah aus wie ein Operationssaal, mit vielen Geräten und Schränken. In der Mitte stand ein kurzes Bett mit zwei Stützen am Fußende, wo die Beine hochgelegt werden. Ich dachte, das ist das Kreißbett. Sie mußte auf ein anderes Bett an der Wand steigen, Schwester Elisabeth deckte sie zu, wir könnten nun bloß warten. Sie legte sich auf die Seite und sah mich an, nahm meine Hand. Einen Einlauf hatte die Schwester gemacht und die Haare kurz geschnitten, aber nicht abrasiert, wie ich dachte, dann auch die Öffnung nachgesehen und nach den Herztönen gehört. Nun ist alles raus, und nichts kann mehr passieren.

Jetzt geht es wieder los. Sie drückte meine Hand und atmete durch die Nase. Mir schien, es dauerte lange. Dann war es vorbei. Ganz schön sind die schon, sagte sie, und wir überlegten, ob es lange dauern würde.

Mir war noch fröstelig, aber ihr war schon sehr heiß, und ich nahm ihr das Federbett ab. Sie zog auch die Decke ziemlich weit runter, ihr Leib lag neben ihr, als gehörte er nicht mehr zu ihr, die ganze Woche war das schon so gewesen, wenn ich neben ihr gelegen hatte und die Stöße gegen die Bauchdecke mit den Händen fühlte oder nach dem Herz horchte.

Das Bett stand auf Rädern wie in dem Märchen von dem Burschen, der damit nachts spazierenfuhr, dachte ich. Und wir würden dann auch noch spazierenfahren in dieser Nacht.

Es ging schon wieder los, ich sah auf die Normaluhr über der Tür, den roten Sekundenzeiger, sie atmete tief durch die Nase mit streng geschlossenem Mund, es dauerte 80 Sekunden. Ich fragte: Wo sind die Schmerzen genau? In den Leisten, von da strahlen sie zum Bauch hin aus. Erzähl mir doch was, dann kann ich mich ausruhen. Ich sagte: Die Schwester heißt wie deine Freundin Elisabeth und sieht so aus, ja ein bißchen, und sie hat gute Augen, einen schönen Mund. Ja, sie ist sehr sympathisch. Noch so jung.

Da war schon wieder eine Wehe. Grade drei Minuten dazwischen. Sie hielt die Augen geschlossen und meine Hand an ihren Mund. Das linke Bein, auf dem sie lag, hatte sie angezogen, das rechte streckte sie und zog es an, fast rhythmisch. Genausolang. Aber stärker der Schmerz.

Trotzdem sprachen wir in der Pause. Immer wieder die Namensfrage. Der Mädchenname war klar. Ein guter Name. Aber nur in Reserve. Für einen Jungen gabs immer noch drei zur Auswahl. Es werden sowieso Zwillinge, sagte ich. Sie lachte. Es war mein Alptraum. Dabei hatten wir beide geträumt, es sei ein Junge, und er könnte schon sprechen bei der Geburt. Kaum drei Minuten diesmal. Danach kam die Schwester.

War zu warm mit dem Federbett, sagte sie und hob die Decke hoch. Wie ist es denn?

Alle drei Minuten kommen die Wehen schon.

Sie nahm die Binde weg, die war etwas blutig.

Zeichnet ja ganz schön. Ich gebe Ihnen eine neue Vorlage.

Sie holte eine rosa Binde aus einem Schrank und legte sie ihr zwischen die Beine.

Ziehen Sie das Nachthemd ruhig hoch, das braucht ja nicht schmutzig zu werden, und schob es bis über den Nabel, der aus der prallen Haut herausstand.

Als die Schwester weg war, kam gleich wieder eine Wehe. Es war halb fünf durch. Wir amüsierten uns darüber, daß sie hier so vornehm Vorlage zu den Binden sagten. Ich hielt wieder ihre Hand und strich ihr die Haare aus der Stirn. Sie war sehr heiß, die waagerechten Falten tief eingekerbt. Ich dachte, ob sie die noch mal wegkriegt und die Zeichen der Tränensäcke unter den Augen. Frau Jenkins hatte gesagt, daß sich der Körper nach einer Geburt regeneriert und daß man da auch Falten wegkriegt. Wollens hoffen. Aber die Hauptsache sind die Augen, deine großen dunklen sanften

Augen. Damit gewinnst du sie alle, die reinsehen. Unter diesen Augen verschwindet die rotgefrorene Nase.

Das wird schön, wenn dieser Bauchkloß weg ist, sagte ich.

Sollst mal sehen, das wird wieder ein anderes Leben, freute sie sich. Und Schlafen.

Sie mußte sich jetzt sehr anstrengen, den Mund geschlossen zu halten, der Atem fauchte durch die Nase. Fafnir, dachte ich. Eine beißende Drachenbrut hast du im Leib. Scheußliche Quälerei. Das rechte Bein ging wie von selbst. So ist es besser auszuhalten, sagte sie dann. Warum atmest du nicht durch den Mund? Da wird der Hals so trocken. Ach so. Wie beim Langstreckenlauf.

Sie lag mit geschlossenen Augen. Atmete nur ganz matt, mit kleinen Seufzern. Schläft sie? Wie ein junges Tier, ein Hund, im Schlaf Laut gibt.

Und da die dunklen Augen: Ich hab ein bißchen geschlafen. Aber jetzt geht es schon wieder los. Sie drehte den Kopf auf dem Kissen hin und her, ihr Haar war durcheinander, wüst. Ich legte meine Hand wieder auf ihre Stirn, aber sie schüttelte sie rasch weg, ungeduldig. Wie ausschließlich der Schmerz ist. Vereinzelnd. Ich dachte: Da stehst du wie vor einem verschlossenen Tor. Fast nichts dringt durch. Grade anklopfen kannst du. Meine Hand hielt sie fest. Vielleicht das Seil zum Land, wenn diese Flut kommt. Schlief nun wieder.

Sie sagte, das ist sehr gut, das erquickt.

Ich wollte was tun: Es ist so gemein, daß du alles allein machen mußt.

Nein, es ist gut, daß du da bist. Das hilft. Ich will es gut machen. Es wird eine ganz normale und einfache Geburt. Sollst sehen.

Mitten in eine Wehe kam die Schwester Elisabeth, brachte was rein, nach fünf. Das sind ja schon sehr starke Wehen. Erlauben Sie mal einen Augenblick. Ich stand auf und zog den Hocker weg. Sie nahm die Binde ab und besah sie. Zog einen Gummifinger über und fühlte durch die Scheide.

Es ist schon eine große Öffnung. Vielleicht geht es schnell bei Ihnen.

Tatsächlich? fragte ich. So eine unsinnige Einrichtung von der Natur, ein Riesengeschöpf durch einen so engen Gang zu zwingen! Da lobt man sie immer, sie sei so vollkommen und sinnvoll, und man kann sich an fünf Fingern bessere Methoden auszählen. Eierlegen zum Beispiel.

Sie schwieg, etwas überrascht, und gab zu, einfach ist es nicht.

Sehen Sie, da gehts schon wieder los, finden Sie sowas gut eingerichtet?

Wenn es schneller geht, sind natürlich auch die Wehen stärker, sagte sie.

Natürlich, sagte ich.

Aber es ist doch besser, im Ganzen strengt es nicht so an. Ich glaube, ich bringe Ihrer Frau das Lachgas zuerst. Möchten Sie etwas Lachgas nehmen?

Hilft das denn?

Ich weiß nicht genau, ich hab noch kein Kind gehabt, manche sagen ja, manche nein. Vielleicht ist es bloß Autosuggestion. Ich werds Ihnen herfahren, die andre Frau ist noch nicht so weit.

Sie kam gleich wieder mit einem Rollgestell, auf das zwei Flaschen montiert waren und eine Mischbatterie, an einem schwarzen Gummischlauch hing eine kleine Maske. Sie drehte die Flaschen auf, das Gas zischte etwas, die Manometerzeiger bewegten sich. An dem Druckregulator stellte sie auf fünfzig Prozent Sauerstoff. Als die Wehe kam, fuhr sie das Gerät zum Kopfende.

Versuchen Sies doch mal, Sie müssen ein paarmal tief einatmen unter der Maske.

Die Schwester drückte ihr den schwarzen Gummi aufs Gesicht. Sie atmete tief und schnell ein. Es gab ein klappendes Geräusch beim Ausatmen, ein Ventil öffnete und schloß sich jedesmal in der Maske. Nach ein paar Atemzügen stieß sie hastig die Maske fort und schlug wieder den Kopf hin und her. Alle Glieder waren in Bewegung. Die Schmerzen schienen nicht verändert.

Nach der Wehe fragte die Schwester: Na, wars besser? Aber sie wußte nicht recht, sie wollte es noch mal versuchen.

Sie machen es ganz hervorragend! Wie Sie atmen. Es wird sicher schnell gehen bei Ihnen. Sie können Ihrer Frau ja dann mit der Maske behilflich sein, sagte sie. Aber nicht zu lange, sonst kriegt sie zu viel Gas.

Sie kam noch mal mit dem verchromten Stethoskop, setzte es auf den Unterleib und lauschte.

Ich fragte, was sie hört.

Ich höre, wie es dem Kind geht, das ist ja einem gewaltigen Druck ausgesetzt, müssen Sie verstehen.

Ja. Ist das eigentlich das Kreißbett hier?

Nein, das steht drüben, das ist ein Untersuchungsstuhl, bei der Geburt kommen die Beine nicht hoch.

Ach so.

Sie ging. Als die Wehe kam, hielt ich ihr die Maske aufs Gesicht, erst zu hoch, zu tief, dann paßte sie, aber es gab nicht das Geräusch des Ventils. Etwas stimmte nicht. Beim nächsten Mal drückte ich fester an. Da war das Geräusch, und der kleine Gummiball am Ende des Schlauches blähte und leerte sich mit jedem Zug. Zwischen den Wehen sprach sie fast nichts mehr.

Einmal sagte sie, die Schmerzen strahlen jetzt über den ganzen Leib aus. Es will ihn mir auseinanderreißen.

Wenn ich nicht gleich mit der Maske da war, suchte sie gierig unbeherrscht danach, preßte meine Hand auf den Gummi, wenn ich zu locker ließ, stieß ihn ebenso heftig fort. Die Augen kniffen sich ein, das Gesicht schwoll, Blut strömte blaurot unter die Haut.

Ich tat etwas, ich hielt die Maske, ihre Hand, aber es war eine verdammte Untätigkeit, ich konnte auch nichts denken, ich konnte auch nicht nichts denken, der Kreislauf: Wie sie forttaucht in ein Schmerzwasser, wie sie das Menschsein verläßt, die Kreatur hervorkommt.

Es war halb sechs, als Schwester Elisabeth zurückkam. Sie zog gleich einen Gummihandschuh über und fühlte nach der Öffnung. Ich sah zu, konnte aber äußerlich keine Veränderung bemerken, auch ohne Vergleichsmöglichkeit.

Ich glaube, wir fahren sie jetzt rüber in den Kreißsaal, bei der andern Frau dauerts noch, die kann hier rein. Helfen Sie mir ein bißchen?

Sie öffnete die Tür, auch die des gegenüberliegenden Raumes, ging dann ans Kopfende des Bettes und schob. Ich zog und dirigierte das Bett vom Fußende aus in den Flur. Im Halbdunkel standen noch zwei Betten mit Frauen, die eine stöhnte, bei der der Mann war und sie auch angefaßt hatte, schien mir.

In dem andern Raum, der nicht größer war, stand in der Mitte ein breites hohes Bett, am Fußende kleine Tische mit Geräten, am Kopfende, die Tür abdeckend, ein bespannter Wandschirm. Wir schoben das Rollbett neben das breite. Sie brachte die Flaschen hinterher.

Die Uhr im Zimmer war älter und ohne Sekundenzeiger. Ich

konnte die Dauer der Wehen nicht mehr bestimmen. Nicht genau. Große Unterschiede schienen nicht zu sein. Sie nahm noch zweimal Lachgas, dann nicht mehr.

Ist es besser? fragte ich.

Es macht den Mund, den ganzen Hals so trocken.

Bei der Wehe wälzte sie den Leib hin und her, manchmal ging der Mund auf, es keuchten Laute aus der tieferen Kehle, der ganze Körper war in Tumult.

Es ist bös, Schwester, es ist bös, sagte sie, als der Schmerz nachließ.

Die strich ihr über die Stirn. Sie machen es ganz prima, wirklich!

Da lächelte sie mich an, zufrieden, schloß gleich wieder die Augen und versuchte, die Pause über zu schlafen.

Ich fragte: Schwester, wo ist die Toilette, sie erklärte es, ich ging raus, an der Frau vorbei, die da noch lag, sah sie nicht an, die stöhnte und sich drehte. Allein lag sie da. Auf der Toilette war der Kreißsaal weit weg. Ich hatte einen Film gesehen. Das gehört alles nicht zu mir, die Frau, die Uhr, das Blut an den Binden, die Hand in meiner. Es passierte außer mir, an mir vorbei. Ich wusch mir die Hände, ging zurück.

Viertel sieben. Sie preßte die Lippen aufeinander. Unheimlich, fauchend, stieß und zog sie den Atem durch die Nase, die Nasenflügel aufgebläht. Allmählich sammelten sich die Glieder wieder, der Atem verlangsamte sich, verstummte ganz, sie öffnete die Augen.

Fluch doch, sagte ich. Verdammte Scheiße, mußt du sagen.

Ja, so was Dummes, sagte sie sehr leise.

Elisabeth sagte, ich glaube, Sie können jetzt rübersteigen, wollens mal versuchen. Ja, gut, sagte sie, stützte sich auf und setzte sich auf das höhere Kreißbett. Dann zog sie die Beine nach und legte sich wieder auf den Rücken. Die Schwester schob das Bett zur Seite, ich ging um den Wandschirm rum, wo ein kleiner Tisch am Kopfende stand, griff ihre weiße Hand: Jetzt hast dus bald geschafft. Sie lächelte wieder, aber gleich müde, resigniert: schon wieder! Ihre Augenlichter verschwanden, übrig blieben die schattigen Falten darum, ein altes blickloses Gesicht, struppig bedeckt, von Zucken durchrissen, lippenlos.

Jetzt ist die Fruchtblase geplatzt, sagte die Schwester. Ich sah nach unten, eine große Lache auf dem Laken von Wasser mit Blutsträhnen drin.

Rücken Sie doch ein bißchen weiter, damit Sie nicht so im Nassen liegen, sagte Elisabeth, und sie tats.

Ich fragte sie, ob sie was davon gemerkt hatte, aber das hatte sie nicht.

Eine andere Schwester kam rein, zog sich einen Kittel an, wusch sich die Hände. Ich dachte, ich sollte auch einen Kittel haben, mein Jackett paßt nicht in die Hygiene. Elisabeth stellte die andere vor, Schwester Gerda, die streng aussah, uninteressiert, genauso jung. Mit einer Pinzette holte sie wieder einen Gummihandschuh, glitschte ihn über die Hand und fühlte mit dem Zeigefinger durch den Darm. Sie sah mich an, abwesend, die Aufmerksamkeit in den Fingern. Ich fragte sie, was sie fühlt.

Ich fühle, ob der Kopf richtig liegt.

Kann man das fühlen?

Ja, meistens kann mans an den Schädelnähten merken, ob er quer liegt oder nicht.

Und, fragte ich, als sie fertig war.

Er muß sich noch ein bißchen drehen.

Sie zog jetzt mit zwei Fingern die Scheidenlippen auseinander, die andere hatte einen Spot eingeschaltet und auf ihren Unterleib gerichtet, sie sah hinein. Sie dürfen noch nicht pressen, sagte sie. Sonst verklemmt sich der Muttermund. Sie streifte den Handschuh ab und warf ihn in eine Schale. Die andre holte ein Laken, das zogen sie über das nasse alte, sie stemmte ihren schweren Leib dabei mit den Armen und Beinen hoch.

Als die Wehe kam, sagte Elisabeth, legen Sie sich jetzt auf die linke Seite, dann dreht sich das Köpfchen. Aber noch nicht pressen, nicht wahr!

Beide standen dabei, die Schwestern, sahen den Bewegungen zu, kühl, hörten nicht das verdrückte Stöhnen durch die Mundklammer, aus der hohlen Brust. Der körperlose Schmerz, aus den Gliedern, dem Leib gelöst, nur für sie vorhanden, die kreißte. Und mich noch, mich berührt die Ausstrahlung ihrer Schmerzsphäre, ich bin zu dicht, zu intim, zu gerichtet auf diesen Menschen, in mir zittert es nach.

Gut gemacht, sagte die Hebamme, wir haben es bald hinter uns.

Es war halb sieben durch. Sie lag erschöpft, wir sprachen nicht. Die Schwester ging vor die Tür und telefonierte dort. Ich sagte, jetzt ruft Schwester Elisabeth den Professor an, da kann es nicht mehr lange dauern.

Die Schwestern machten sich zu schaffen, hier und da. Darf ich jetzt mitpressen, fragte sie. Nein, noch eine müssen Sie aushalten. Während der Wehe brachte die andere Schwester eine Spritze und legte sie in die Nierenschale auf dem Tisch, wo ich saß. Ich fragte, was ist das. Evipan. Nur ganz für den Schluß. Bekommt sie in den Arm, schläft ein, und wenn sie aufwacht, ist alles vorbei.

Elisabeth untersuchte wieder, mit dem Stethoskop erst, zog dann die geschwollenen Lippen auseinander, sah hinein, fühlte nach.

Sie können jetzt pressen, sagte sie. Sie müssen dabei die Luft so lang wie möglich anhalten, nur kurz einatmen während der Wehe. Wir helfen Ihnen, wenns losgeht.

Sie war froh, daß sie jetzt mit drücken durfte: das Entspannen ist so schwer, wenn die Preßwehen schon da sind.

Ja, ich weiß, das ist nicht schön.

Als die Wehe losging, stellten sich die Schwestern an jede Seite des Bettes, sie mußte die Beine anwinkeln, nach außen geneigt, mit den Händen in die Kniekehlen fassen und den Körper zusammenziehend einrollend pressen. Die Schwestern lehnten sich gegen die aufgestellten Beine, als Gegengewicht, und Elisabeth sagte, so, jetzt pressen Sie, fest, feste, noch mehr, die ganze Zeit während der Wehe feuerte sie sie an, wie ein Rennpferd, dachte ich. Und sie preßte wirklich, es schien: aus jeder Faser ihres gekrümmten Leibes, ihr Gesicht verschwoll unförmig, das Blut stand unter der Haut zum Herausplatzen, Augen und Mund zu Strichen verkniffen, die Armmuskeln zitterten: ein einziger roter Krampf. Dann fiel ihr Kopf zurück auf das Bett, sie schnaufte Luft.

Elisabeth ging ans Fußende, drückte ihre Beine auseinander, sagte nach einem Augenblick: ich kann schon etwas vom Köpfchen sehen!

Sie sah mich erstaunt an, aber ich lachte ein bißchen, strich ihr über die Stirn, sagte, das ging ja gut. Nun kanns nicht mehr lange dauern. Wenn du dich weiter so anstrengst. Ich nahm wieder ihre Hand in meine, strich vorsichtig drüber, sie schloß atmend die Augen.

Da war ich draußen, fortgespült von den plötzlich drängenden Gedanken, Kettenweg von ihren Augenrunzeln zu meiner Mutter und eigenen Geburt in Angst, taumelnde Bilder, undurchschautes Dasein, aus dem sich hier ein neues schält –

Meine Hände waren leer geworden, bis ihre Hand plötzlich zuckte, da fühlte ich meine wieder. Sie sagte, Schwester, es geht wieder los, küßte auf meine Hand, zog die Knie hoch, die Schwestern drückten dagegen, sie rollte sich in den Preßkrampf. Ich ging vor das Fußende des Bettes, sah das Chaos ihres Unterleibes. Ich wollte fortsehen, Scham drängte mich, doch war ich gebannt von diesem Bild animalischer Anstrengung, seelenlosen Fleisches – das blutige Laken, faltig hervorgestülpt der Aftermund, die Scheidenlippen weit aufgequollen, ein langer Spalt dazwischen in schleimig mattrosa Fleischiges, quallige Bewegung, tiefer eine kleine Rundfläche mit schwarzen Strähnen, kaum sichtbar, mit dem ausgetriebenen Nabel der mächtige Leib, prall aufgewölbt zwischen den Beinen, drüber der Kopf rotgeschwollen, zerwühltes Haarstroh, ohne Gesicht, das Inbild der kreißenden Mutter, die titanische Arbeit für das Leben.

Zehn nach halb sieben. Ich sagte, ich habe den Kopf schon gesehn, mit schwarzen Haaren, jetzt ist es bald da. Sie lag apathisch, nahm mich kaum wahr. Die Hebamme legte Operationsgeräte auf den Tisch am Fußende des Bettes. Sie sagte, jetzt wird der Professor jeden Augenblick kommen, und ging raus.

Als die nächste Wehe anfing, war nur die andere Schwester zum Halten da. Das rechte Bein mußte sie selber festhalten. Sie sagte schnell, es geht so nicht, komm du doch, da ging ich auf die andere Seite und stemmte mich brüstlings gegen das Bein wie die Schwester. Ich war froh, mal etwas tun zu können. Trotzdem war es seltsam, im Jackett und allem so direkt mitzumachen. Das Zittern ihrer angespannten Muskeln übertrug sich auf meine Brust, ich sah zu der Schwester, die war ernst und konzentriert. Oder sie macht das mechanisch, dachte ich, denkt woandershin. Mich sah sie nicht an.

Zwischen ihren Beinen war jetzt die faltige Haut mit den schwarzen Strähnen bis unmittelbar vor die Scheidenöffnung gedrungen. Ich dachte, es ist doch nicht der Kopf, wo kämen die vielen Falten her, aber Elisabeth sagte dann, doch, die Kopfhaut ist durch den Druck zusammengeschoben. Sie trug Gummihandschuhe. Mit den Fingern zog sie die klaffenden Lippen über die Kopfhaut etwas zusammen. Sie dürfen jetzt nicht mehr pressen, es geht zu schnell!

Ich sagte ihr, der Kopf liegt schon ganz vorn, da nickte sie froh und lag ruhig.

Ein Mann im Kittel kam herein, er begrüßte sie, fragte, wies geht, gab mir die Hand und fragte dann gleich, wieso ich hier sei. Sie sagte, er hätte es ihr ja zugesagt bei der Voruntersuchung, aber das wollte er nicht wahrhaben, machte auch der Hebamme einige Vorhaltungen. Sie sagte, das sei nicht Schwester Elisabeths Schuld. Als er sah, daß sie fast weinen wollte und wie weit es schon war, ließ er mir einen Kittel geben und ging ans Fußende.

Ich stand an der anderen Seite und hielt ihre Hand. Zwischen ihren aufgestützten Beinen die Hebamme, daneben eine andere Schwester.

Der Professor sagte, jetzt drücken Sie ganz leicht, aber obwohl Elisabeth noch ihre Hand darauf hielt, schob sich plötzlich der Kopf hervor, wie es schien ohne Schwierigkeit, und steckte in der Scheide. Sekundenlang tat keiner etwas.

Es sah seltsam aus, als guckte das Kind erst, ob alles bereit sei, mit offenen Augen, einem sehr kleinen schleimigen aber klaren Gesicht.

Dann griff die Hebamme zu, drehte den Kopf irgendwie leicht zur Seite, die Schultern kamen in Richtung der Scheidenlänge, und da glitt der Körper in einem Zug hervor, mit der Nabelschnur, der Hebamme in die Hände. Ich sah nach den Beinen: ein Junge! Der Professor schnitt die Nabelschnur durch, ein langes blasses Ende blieb am Bauch hängen, als die Schwester das Kind an den Beinen hochnahm und in die Luft hielt, den Kopf nach unten, wie die abgezogenen Kaninchen in den Geflügelläden, dachte ich, es stieß einen einzigen lauten Schrei in den Raum, ich bewegte mich zu ihr, sagte: ein Junge ist es, ein Junge! und freute mich.

Sie hatte es schon gesehen, lag still, entkrampft, mit großen zufriedenen Augen, Ruhe im Gesicht. Zehn vor sieben war es auf der Uhr. Zehn vor sieben, dachte ich.

Da ist er also, sagte der Professor, ich gratuliere Ihnen! Ist es denn richtig, daß es ein Junge ist? Sie nickte sehr. Er massierte mit langen Fingern kreisend auf dem, was von ihrem Bauch übrig war. Ich glaubte noch kaum, daß er weg war.

Elisabeth hielt eine Schale unter die Scheide. Die andern Schwestern hatten mit dem Kind zu tun, ich sah nicht was. Plötzlich schwappte ein Schwall Blut und dunkles Fleisch in die Schale. Die Nachgeburt.

Der Professor räsonnierte noch mit uns über Hygienevorschriften, und als sie ihr den Sandsack auf den Bauch legten, sah ich, wie

Elisabeth drüben mit einer Zange den Mutterkuchen hochhob, mit einer anderen darin stocherte. Ich verstand nicht, daß es war, um zu untersuchen, ob alles aus der Gebärmutter raus war. Das schlug mir jetzt auf den Magen, ich fühlte es hochkommen, sah schnell weg.

Der Professor ging fort, und als sich keiner um uns kümmerte, küßte ich sie auf den Mund, ihre Lippen waren sehr weich, voll mit tiefwarmem Atem von innen. Sie sagte, es war schön, daß du da warst.

Nach einer Weile brachten sie ihr das Kind, gewickelt schon, sie nahm es vorsichtig neben sich in den Arm, betrachtete es.

Ich dachte: Dieser Mensch ist also unser Kind. Unser Kind? Meins? Vielleicht wird es meins. Mutter sein. Vater werden. Es ist noch nicht da, es kommt erst, es wächst herein, füllt sich mit Mensch.

Er sieht schön aus, sagte sie, gar nicht schrumplig.

Ja, du hast es so gut gemacht.

Dann kamen die Schwestern und gratulierten, und Elisabeth lobte sie noch einmal. Jetzt sind Sie aber müde und wollen schlafen, verordnete sie, nachher bekommen Sie den Sohn wieder. Sie fand auch, daß sie schlafen müßte, und ich sagte: bis heut nachmittag also. Elisabeth gab ich noch die Hand, die andern kümmerten sich nicht um mich. Ich hängte den Kittel an, holte meinen Mantel, ging.

Ich fuhr langsam. Ich fror wieder und zitterte. Der wolkengraue Morgen. Dachte, nun ist es also vorbei. Nun fängt es an. Ein Junge.

Der Tod des Katzenhais

Nachtraum, Mondraum, harte Wechsel in den kopfsteinigen Straßen. Der Gang eines Mannes. Durch den Stadttorbogen hinaus auf den Hafenplatz, da hallten die Schritte nicht mehr. Das fahle Sickern undurchschatteten Lichts. Hellrund im Torturm das Zyklopenauge, die Zeit eines unreifen Morgens in römischen Zeichen. Der Leuchtturm gab sein stetiges Signal rundum, rot vor schwarz, rot vor schwarz, über Faßreihen, Stapel von Kisten, aufgebockte Ruderboote. Kein Wind berührte die Spitzen der Maste, die den Kai kaum überragten. Niedrigwasser. Durch die Hafeneinfahrt schimmerte schwarzweiße Unruhe des Meeres, Sturmerinnerungen, anrollend aus gestriger Entfernung. Spiegellos, mondfern lag das Hafenbecken ahnbar weit unter dem Platz. Der Mann ging an der Kante der Kaimauer, langsam, zögernd jetzt, vorsichtig, suchte hinunter nach Umrissen, Belebungen des Dunkels.

Geräusche von einem der Kutter. Der Mann stand, lauschte, fragte nach unten: C'est bien la Rose jaune? Ein Satz kam zurück: Descendez donc! Er bückte sich, tastete mit einem Fuß nach der ersten, der zweiten Sprosse, stieg hinab, an der feuchten Mauer vorbei, da roch es von fauligem Gewächs und Muscheln, erreichte mit dem Fuß eine Reling, noch mit einem Fuß und einer Hand an der Leiter gehalten, sagte, erschrocken: Pardon.

Das Boot bewegte sich schwach, Sackfender scheuerten an der Kaimauer, über die Reling hatte einer der Besatzung einen gewaltigen nackten Hintern gehängt, matt leuchtete der im verschatteten Widerschein des abgesunkenen Vollmonds, etwas fiel ins Wasser, dazu die ungeduldige Stimme des Dicken: Allez montez! als der Mann zwischen Leiter und Reling zögerte. Da stieg er vorsichtig an ihm vorbei auf den Kutter.

Unsicher stand er auf Netzwerk, zwischen Steuerhaus und Reling, taumelte: eine der hantierenden Gestalten drückte sich an ihm vorbei heckwärts, der Dicke neben ihm zerriß eine Zeitung, raschelte, blähte einen Furz in die Luft, stieg dann ächzend von der Reling, befestigte seine Hosen, griff den Angekommenen am Arm und setzte ihn auf eine Kiste seitlich hinter dem Steuerhaus. Der nahm seinen Rucksack ab, stellte ihn hinter sich auf die Kiste, wartete, beobachtete. Die Nachthülle um die Arbeit der Männer, die an die Bordwand klopfenden Hafenwellen entwickelten eine mürbe Stille, offen in den vorausliegenden Tag, hintergründig aus der noch kräftigen Dunkelheit. Bretonische Halbrufe der Fischer. Das Schiff befremdete.

An der anderen Seite des Hafens schienen zwei grüne Lichter auf, ein Motor hallte herüber, ein zweiter, Lichter schwammen zur Ausfahrt, im fahlroten Aufschein des Leuchtturmstrahls wurden Bootsschemen sichtbar, dann vor dem glimmenden Meer die Masten und Rümpfe als Silhouette. Der dicke Schiffer, im mannbreiten Steuerhaus, schaltete die Positionslampen ein, ließ den Motor an, da begann der Kutter zu leben.

Jemand am Heck enttäute das Boot, mittschiffs holte einer die Fender ein, drückte mit einem Bootshaken den Bug vom Kai. Das Beben der Planken unter den Füßen. Der junge Mann stand auf, lehnte sich über die Reling, hörte vom schwappenden Wasser, daß das Boot Fahrt bekam. Über der Mauer verzogen sich Häuserandeutungen, noch unbelichtet, die rote Unruhe des Leuchtfeuers tuschte einige Male über das gequirlte Kielwasser und die Gesichter der Fischer, dann nahmen die schaumgerippten Wellen des Atlantik den Kutter entgegen, kreuzten seine Bewegung ins Offene, brachten Lüfte, flüchtige Sternwolken, Salzgeruch, einen abfallenden Mond – Nachrichten des Ozeans. Die Männer saßen, einzeln, zu zweit, aßen weiße Brote mit Wein. Keine Wortlaute. Neben der Steuerkajüte der Junge beobachtete den Patron, der hatte ein mattgrünes Gesicht von der Seite, gelassene Konzentration darin und in den Händen am Ruderrad, vorwärts zielend mit seinem Schiff, auf dem ungezeichneten Weg zur Arbeit, Jagd, Gefahr.

Heckwärts, über Land, taute der Himmel, ergraute randher wie das Meer, die Wandlung schwarzer, sterngesprenkelter Tiefe in eine stumpfe Metallhaut. Bis Morgenröte hineinblendete, blaßblaurosige Erscheinungen vorrief, auch das Wasser aufhellte, Tagraum gab, in dem drei, fünf Sardinenkutter in weiteren Abständen seezu tuckerten, Spritzschaum am Bug. Sichtbar auch die Besatzung, bleichgesichtig zwar, doch blau die Overalls und Mützen, gelb und schwarz die hohen Gummistiefel. Der dicke Schiffer kaute seine Stummelpfeife. Neun Männer saßen und standen zwischen Tauwerk, Netzen, grünen Glaskugeln, Kisten, den beiden Luken am Bug und achtern. Einzelne Möwen in windgelöster Luft, reitend manchmal auf dem noch wirren Ozean, weißgrau auf grauweiß, lässig erfahren den Fischkuttern folgend oder voraus.

Der junge Mann, Lederjacke, verwaschene Jeans, ließ seinen Rucksack zwischen Kajüte und Mast, führte sich an der Reling entlang zum Heck, es sprach ihn keiner an, auch die Gesichter blieben zu, da gab es keine Sprache vor der Arbeit, nur Erwartung. Langsam setzte sich das spröde Braun der Planken, von Fischschuppen emailliert, gegen das gelbgestrichene Steuerhaus ins Licht.

Ein Ruf des Patrons brachte die Männer in Bewegung, der Motor wurde gedrosselt, mehrere kanteten das eine der Beiboote am Heck hoch, zogen es mittschiffs, hievten es auf die Reling, schwenkten einen kurzen Taljenbaum aus, an dem sie das Boot befestigten, fierten es langsam zu Wasser. Ein großer hagerer Fischer stieg hinein, stehend hielt er sich an der Reling und so das Dingi von der Bordwand, zwei trugen ein Faß mit tranigen rötlichen Krümeln zur Talje, hakten es ein und ließen es hinab. Der Fischer hatte Mühe, es in das enge Boot zu lenken und das Gleichgewicht zu halten. Er stieß sich ab, eine rasche Bewegung, saß schon auf der Ruderbank und hatte die Riemen ausgelegt, ehe die Wellen das Boot querdrehen und kentern konnten, ruderte dann zügig auf Distanz, blieb hinter dem langsam fahrtnehmenden Kutter zurück.

Der Mann am Heck beobachtete ihn, während die Fischer, wenig weiter, von dem wieder unruhig dümpelnden Schiff das andere Dingi aussetzten, während auch auf dem zweiten, noch sichtbaren Kutter ein Boot zu Wasser gelassen wurde, während im Osten, zwischen Landstrich und Wolkenbröseln, erst vorsichtig, dann pompös aufglühend, die Sonne hochkam und einen funkelnden Turm aufs Meer warf, der das Beiboot mit dem langen Fischer überblendete.

Er sah das Wasser unterm Heck erneut schäumen, die Kielspur ging über in die des Lichts, steuerbord trieb das zweite Dingi langsam ab, der Fischer darin griff in das Faß, streute, säte mit weiten Gebärden den Köder ins Meer, ruderte ein paar Schläge, streute, ruderte, streute. Der Kutter drehte nach steuerbord, begann zu schlingern, fuhr kleine Fahrt, in weitem Bogen um das Beiboot herum, zurück zu dem ersten. Alle Fischer, auch der Patron vom Steuer, beobachteten die beiden Männer, die ruderten, säten und immer wieder übers Dollbord gelehnt das Wasser kontrollierten.

Plötzlich zog der Hagere die Riemen ein, beidhändig warf er

Köder aus, vorsichtigere, kurze, aber schnelle Gebärden, fühlbar sprang die gelassene Erwartung der Fischer an Bord in Spannung um. Möwen torkelten über dem Beiboot, schreiend. Fast ohne Fahrt schlingerte der Kutter. Mäßige Bewegung der See, darauf das Beiboot stieg und fiel, verbunden der Mann darin mit denen an Bord durch verhaltene, gespannte Konzentration, er die Hände voll rascher Arbeit, fast ein Wettkampf, sie die Hände auf der Reling, am Steuer, erkennbar darin Kraft, Tatbegierde, Fangfieber. Da gab der im Boot das Handzeichen, das beendete die lauernde Ruhe, heraus sprang die geübte zielbewußte Bewegung von sechzehn Händen: Der Schiffer ließ den Motor auf hohe Touren, drehte auf das Boot zu, schnell beschleunigte Fahrt, die Männer entlang der Steuerbordreling hielten braunes Netzwerk, die beiden vorderen mehrere Zugtaue, lockerten noch einmal die Haufen verschuppten, feinmaschigen Zeugs zu ihren Füßen, hundert Meter, fünfzig, mit abgestelltem Motor rauschend auf dreißig, ein bretonisches Kommando, da warfen sie den Anfang des Netzes hinab, gaben rasch Netzwerk nach, auch die dicken grünen Schwimmkugeln und Taue, da trieb der Kutter, auslaufend, im Kreis um das Köderboot, da streute der Hagere weiter den Köder, da gingen Netz und Kugeln über Bord, bis der Kreis fast vollendet war und nur noch die Zugtaue blieben, die das Schiff mit dem unteren Rand des schwimmenden Netzes verbanden. An der ersten Kugel, genau, blieb der Kutter liegen. Die sieben Fischer verteilten die Zugtaue entlang des Bords, noch hingen sie schlaff ins Wasser, zwei Dutzend Kugeln bezeichneten einen Kreis von fünfzig Metern im Durchmesser um das Beiboot herum, bezeichneten nicht nur die Lage des Netzes, sondern dämpften auch die Wellen, so daß eine Kreisfläche ruhiger See entstand, in die der Fischer noch immer Köder streute, über der die erregten Möwen spielten. Mit stetigen Zügen begannen die Männer an Bord die Taue einzuholen, fast unmerklich verkleinerte sich der Kreis der Schwimmkugeln, zog sich der Tod zusammen, schied deutlich sichtbar das offene, bewegte Meer aus, ließ noch das Opfer verborgen.

Als die beiden äußersten Kugeln, die Enden des Netzes an Bord kamen, hielten die Männer an den Enden ein, die mittschiffs zogen kräftiger an ihren Tauen, der Fischer im Dingi hatte aufgehört zu streuen, sein Boot trieb am entfernten Rand des Kreises zwischen zwei Kugeln nach draußen, der junge Mann am Heck sah einen Augenblick lang, diesen Augenblick lang die Zähne in dessen braunem, kantigem Gesicht, ein Stück von Lachen, das gleich unsichtbar wurde, vor der Arbeit mit dem Wasser wich, als er um das Netz herum zum Schiff ruderte. In dem sich stetig verringernden Kreis versuchte der Junge, Fische zu erkennen, doch war nur die glatte Oberfläche, undurchschaubar die schwärzliche Tiefe darunter.

Plötzlich stach eine kleine Bewegung durch den Spiegel, ein Aufglanz des Wassers zuerst in der schrägen Sonne, sich entwikkelnd zu einer Linie, gezogen von dem, was näherkommend eine handtellergroße, dreieckige Rückenfinne wurde, bis, nicht zehn Meter vom Schiff, mit einer Wendung der Fisch sich zeigte. Dieser Fisch. Dieses lange, schlanke Tier, dessen Körper Schnelligkeit sprach, Kraft, auch Freiheit, auch Töten, das mit mäßigem Pendeln der Schwanzflosse nun zum Rand des Netzes glitt, abbog und wieder zur Mitte kam.

Der junge Mann sah zu den Fischern, die holten weiter Netzwerk und Tau ein, angespannte doch stumme Gesichter, er packte den nächsten am Ärmel, zeigte auf den Fisch, erregte Stimme: Requin? Der nickte knapp, hatte die Aufmerksamkeit in seinen Händen und Muskeln, und der Fisch kreuzte durch den Kreis, flach unter der Oberfläche, gelassen, näherte sich nicht dem Netz, das er hätte überschwimmen können, nahm ruhig hin die ständige Verkleinerung des Wasserraums ringsum, tauchte nicht weg, kein Zeichen von Angst, keine Befremdung, nur die verhaltene Kraft, verkörperter Stolz, eine Drohung Leben.

Die Fischer standen dichtgedrängt mittschiffs, alles Tau war eingeholt, fast berührten sich die Schwimmkugeln, noch drei, vier Meter maß der Netzkreis, darin der Katzenhai schwamm, und unter ihm schien das Wasser leer, nur einen Schatten tiefer grün als außerhalb. Der Junge, neben dem letzten Fischer, der duldete ihn, lehnte sich weit über die Reling, sah im tieferen Wasser drei große, klumpige Quallen, kleine, schnelle Bewegungen darüber, auch kurzes Silberblinken, und wie die Fischer die Unterseite des Netzes langsam hochzogen, den Fang einbeutelten, da erkannte er unter dem Hai, es war ein Blitz von Einsicht: die Sardinen. Tausende, Tausende schmaler Rücken, grünlich, bräunlich, rötlich, bunt fast als einzelne nebeneinander, gemeinsam von der Farbe des Ozeans, und in der Tiefe, wo das Netz stetig anzog, die Leiber fing und verdrehte, weißlich aufleuchtend unzählbare Flanken. Sehr allmählich stieg dieses Silberweiß höher, verdickte sich, drückte herauf, umschloß die unteren Quallen, einer faßte mit einem Bootshaken zwischen den letzten schwimmenden Kugeln das obere Randtau des Netzes, holte es ein zur Befestigung an der ausgeschwenkten Talje, hob damit den äußeren Teil des Netzes aus dem Wasser, da war auch der Hai gefangen. Noch blieb ihm ein Raum, er stand ruhig allein an der Oberfläche, mit leicht spielenden Flossen, sprungfertig, schien es, bis zuletzt, bis von unten gegen ihn drückte, ihn überflutete, was nicht mehr viele Fische waren, sondern eine Masse zappelndes, spritzendes, ausgeliefertes Leben. Ein Tropfen Ozean hing in der Talje und den Händen der Fischer, der pralle Netzbeutel, halb noch unter Wasser, beschrien von der Gier sich jagender Möwen.

Der mit dem Bootshaken lehnte sich über Bord, stocherte zwischen die Fische, bis er eine der qualligen Medusen aufgespießt hatte, die zog er hoch und schüttelte sie mit einigen Fischen vom Haken ab ins Meer. Drei noch, eine eimergroße und zwei kleinere, brachte er zerfetzt hoch und gab sie ins Freie, wo sie versanken.

So holten sie den Fang, bedächtigt arbeitend, ein, alle Hände einsetzend, mit hart gestoßenem Atem, auch der Patron, der das Ruderrad festgelegt hatte, hievten das strotzende, triefnasse Netz über die Reling, das Gangbord und in den armtiefen Kasten hinter dem Mast. Da hinein ergoß sich der Fisch.

Der Mann stand dabei, gebannt im Anblick des Sterbens. Die Sardinen: konzentrierte, sinnlose Stärke verendender Kreatur – sie schnellten sich in nicht durchschaubarer, aus unfaßlichen Einzelheiten zusammengesetzter Bewegung halbmeterhoch in die Luft, noch weit darüber spritzten Kaskaden von Schuppen rauschend empor, der Luftraum über dem Kasten war erfüllt von Leibern und Schuppen, eine Fontäne fliehenden Lebens, dadurch die Sonne, tausendfach reflektierte Strahlen brachten dieses Gewölbe zum Aufglänzen, grell silbernes Funkeln, ein die Augen stechendes Gleißen, fast unerträglich. Dazwischen ahnbar einzelne Schläge des großen Fischs, sein Fall vernehmlich durch das Knistern der sprühenden Schuppen. Minuten dauerte das, die waren nicht kenntlich als fließende Zeit, bis die glitzernden Leiber und Schuppenfunken an Kraft verloren, das Feuerwerk über dem Kasten abnahm, schrumpfte, langsam eintrocknender Katarakt, die Körper ihr Gewicht weniger überwanden, nur noch gegeneinander schlugen, schuppenspritzend, aber auch dies Flimmern sank weiter zusammen und legte sich, eine Decke, verlöschend, auf die erstickenden Fische.

Blieb nur der Hai. Zwischen zwei Medusen, halb eingewühlt in die Sardinen, die Rückenfinne aufgestellt, die Flossen abgespreizt, öffnete und schloß er das breite Maul, bewegte die Kiemen, starrte aus lidlosen schwarzen Augen, lebte. Der Mann sah die vielfachen Reihen nadelspitzer Zähne in seinen Kiefern, den langgestromten Körper, grau mit dunkleren Flecken, der war aus Stahl gemacht, aus Spannung, aus Vorwärts, nicht Fleisch. Er wollte den Leib des Fisches berühren.

Der, den er vorher nach dem Fisch gefragt hatte, kam von den anderen herüber, sie ordneten dort das Netz, legte die Hand auf seine Schulter, warnte: Attention, ça mord!, zeigte auf die Zähne des Haimauls. Er griff die glitschige, formlose Masse einer Qualle, warf sie in einen Eimer, pfundschwer, eine weitere, zog auch die neben dem Fisch aus den Sardinen, da, elektrisiert, schlug der Leib des Hais aus, schleuderte sich zappelnd hoch, klatschte zurück, sprang wieder und fiel, sprang, fiel, sprang und lag auf der Seite, atemsuchend mit dem hörbar klappenden Maul. Tu vois, sagte der Fischer, ging um den Kasten herum und faßte den Fisch von hinten beidhändig um den Leib, bezwang dessen neuausbrechende Wildheit, hob ihn hoch über den Kopf und knallte ihn auf die Kante des Kastens. Ließ ihn zurück in den Kasten fallen, erledigt. Der Fisch lag einen Augenblick, betäubt, diese starren Augen, der Unterkiefer war eingebrochen, Blutstropfen drangen aus den Kiemen, aber als der Fischer die Qualle neben ihm nehmen wollte, sprang er von neuem, schlug den Schwanz, kämpfte, wand sich, sprang, der Fischer konnte ihn nicht greifen, biß sich auf die Lippen, faßte ihn erst, als er ruhiger wurde, schmetterte ihn zweimal, dreimal auf die Kante, das zertrümmerte ihm den Schädel, etwas Blut spritzte, noch zitterte der Körper des getöteten Fisches, den schleuderte er mit einem Schwung ins Meer, so war das Geschäft. Der Junge drehte sich um, ging backbord über die leere Gangway nach vorn, sah den Bug das Wasser schneiden.

Der Fischer im anderen Beiboot hatte keinen Schwarm geködert, sie holten das Boot ein und nahmen Kurs aufs offene Meer. Einige arbeiteten weiter am Netz, fünf Mann holten flache Kisten, setzten sich um den Fangkasten, zählten Sardinen in die Kisten, warfen die kleineren Anchovis über Bord, Möwenfraß, redeten und sangen. Der Junge blieb auf dem Vorschiff, wo die lang anrollende Dünung des Ozeans das Bugspriet hob und senkte, wo im klargrünen Wasser rosige Medusen und Algenfelder vorbeitrieben. Später kam ein Fischer mit einer größeren Kiste voll Fisch und ein paar von den flachen zum Bug, hatte auch einen Beutel dabei, aus dem holte er eine Weinflasche, bot sie an, grinste: Roter. Er zeigte in Fahrtrichtung übers Meer: Les Sables d'Olonnes! Und erklärte: Toi – le porte-bonheur! wiederholte auch, als der andere nicht verstand: Porte-bonheur, Glück – viel sardines! Merci! Da lachten sie beide, tranken abwechselnd, der Patron winkte aus dem Steuerhaus, und tranken weiter, eine zweite Flasche, beim Sortieren der Fische.

Die Gespräche hatten wenige Silben, auch jetzt. Nach Stunden Fahrt wieder Küste, aus dem Land wachsend eine Stadt, Kräne, Hallen, Schornsteine, Fischdampfer. Zwei andere Sardinenfänger und ein Hochseefischer auf gleichem Landkurs. Der Kutter steuerte den Fischereihafen an.

Auf dem Vordeck die gestapelten Sardinenkästen, zwei Mann zählten sie, auch der Patron kam vom Steuerhaus und zählte noch einmal. Es war jetzt plötzlich spürbar wieder Unruhe auf dem Schiff, der Gast unbeachtet am Bug, las in den Gesichtern der Fischer, las auf den groß gewordenen Hallen und Hellingen am Hafen Chantiers Navals Sablais und Poissonneries Vendéennes, übersetzte sich das in Fischindustrie und Handel und Geschäft, nach dem Glück des Fangs die Ungewißheit des Preises. Das bestätigten auch die Gerüche von Land: nicht nur Hafen, Teer, Netze – schärfer, unangenehm: Tran, Fischmehl, Diesel. Die Rose jaune schien verkleinert zwischen den andern Schiffen, unscheinbar, unwichtig, wie sie mit halber Fahrt in den Hafen lief, sich durchmanövrierte an eine Stelle am Kai, da lagen schon mehrere Sardinenfänger in ihren bunten Anstrichen, Bordwand an Bordwand, aus La Rochelle, aus Les Sables, da ging sie längsseits an zwei andern.

Der Schiffer nahm einen Sardinenkasten, stieg über die Boote, deren Besatzungen nicht zu sehen waren, verschwand zwischen den Hafenarbeitern und Fischern, den Fahrzeugen und Kistenstapeln. Die Männer bildeten eine Kette, wortlos, reichten die Fischkästen zum Kai hinüber, der junge Mann griff jetzt auch zu, als er sah, daß der erste es nicht schaffte, zwischen Stapel und Bord hin und her die Kette schnell genug zu bedienen. Sie waren noch nicht fertig, da kam der Patron zurück mit einem Mann im Kittel, der hatte einen steifen Notizblock, der besah sich den Fang, eine kurze Verhandlung schien das zu sein, bis sie wieder gingen. Der Patron sagte noch was zu den beiden Fischern an Land, die gaben das weiter von Mann zu Mann, als zwei Worte kam es zum letzten, trocken gesagt, und der übersetzte es dem Gast: deux cent. Ihm sagte die Zahl nichts, er fragte: C'est bien? und bekam ein kurzes Lachen und ein kurzes Pas mal. Deutlicher dann, als der letzte Kasten auf den Weg gebracht war, der Schlag auf die Schulter mit der Frage: Tu viens au bistro boire un verre? und sie stiegen dem Kasten nach, gingen mit den andern, an den Kontoren und Hallen vorbei auf die andre Seite des Hafenbeckens zu den Fischerpinten.

Da waren schon viele. Es gab Zwiebelsuppe. Es gab Roten vom Faß. Es gab bretonische Witze. Es gab noch keinen nächsten Tag.

Frösche am Nachmittag

Viel Sonne an diesem Tag und kaum eine Bewegung der Luft. Er ging barfuß, etwas vorsichtig über die hartgetrockneten Spuren der Lastwagen und Raupen, da waren auch überall Diesteln gewachsen und verlauste Schafgarbe und alles mögliche Zeug. In der einen Hand hielt er das Hemd, es war schmutzig, schleifte auf dem Boden hinterher, bis er es fallen ließ ins Kraut und einen handlichen Kiesel aufnahm, ihn in den Fingern drehte, einmal die Bewegung des Werfens machte, ihn dann hinauswarf, ein gutes Dutzend Meter weit vom Ufer ins Wasser. Der Stein schlug eine kleine Fontäne, mit dem Geräusch der Ankunft im stillen Wasser, die Wellenkreise verliefen ungestört, gingen allmählich über in die grüne Fläche, und der Junge bekam etwas Lachen auf sein Gesicht. Er nahm gleich noch einen Stein, mehrere, von verschiedener Größe, sie lagen überall herum, die linke Hand voll, und warf dann einen nach dem andern hinaus.

Er war fast am Ufer, da geschah vor ihm eine schnelle Bewegung vom Land zum Wasser mit einem kurzen Plumpsgeräusch ohne Spritzer, gleich darauf noch eine, und beim drittenmal erkannte er den Frosch, der an einer klaren Stelle ins Wasser gekommen war und mit zwei langen Stößen der Hinterbeine in die Gewächse wegtauchte. Er ging noch näher ans Ufer, scheuchte mehrere Frösche auf, sah jetzt ihre weiten Sprünge und daß manche erst eine Weile auf dem Schlinggrün sitzen blieben, ehe sie sich ganz verzogen, andre die erhöhten Augen, den halben grünen Kopf durch die Algen an der Oberfläche gesteckt hatten, kaum erkennbar, und andere gleich verschwanden.

Er ging vorsichtig mit den Füßen ins Wasser, sie sanken etwas ein, Schmutz wirbelte auf und machte das Wasser dunkel, die Froschköpfe in den Algen verschwanden. Er blieb beobachtend stehen, bis sich eine Fliege auf den Schorf an seinem einen Knie setzte, mit der linken Hand schlug er sich gegen das Knie, sagte zugleich ›au!‹, zog das Bein einen Augenblick hoch und stieg dann zurück ans Ufer. Blieb noch eine Weile dort, ins Wasser sehend, zuckte die Achseln, als nichts sich mehr rührte, schleuderte den letzten Stein ins offene Wasser, drehte sich um, ging die leichte Böschung wieder hinauf.

Zwischen den Sandhaufen fand er ein dünnes, rostiges Armiereisen, gertenlang, das nahm er auf und schwang es. Er hörte das Eisen durch die Luft schneiden und probierte mehrmals, wie es sauste. Dann warf er einen Stein in die Luft und versuchte, ihn mit einem Hieb zu treffen. Er traf nicht. Beim viertenmal schnitt das Eisen einer hochaufgeschossenen Distel die Blüte ab. Der abgeschnittene Kopf mit einem Stück Stengel fiel fast senkrecht neben der Pflanze auf den Boden. Der Junge schlug nun mit einem waagerechten Schlag auch den nächsten Diestelstengel durch. Er ging umher und schlug auf die gleiche Weise mehrere Schafgarben- und Mohnstiele ab. Beim Mohn fielen die vier roten Blätter einzeln, langsamer.

Als bei einer stärkeren Distel der Stengel nur knickte, nahm er das Eisen in beide Hände, holte weit aus und hieb mit diesem kräftigen Schlag den Stengel weiter unten durch. ›So‹, sagte er. Dann schleuderte er das Eisen von sich, in Richtung zum Wasser. Er sah in seine rechte Hand, da war etwas Blut und viel Rost. Er wischte sie an seiner Hose ab und sah sie wieder an. Zwischen Daumen und Zeigefinger blutete es noch. Da lutschte er an der Wunde. Im Weitergehen nahm er das Hemd auf und warf es sich über die Schulter. An der Brücke kletterte er die Böschung hinauf, legte das Hemd auf die Leitplanke, setzte sich drauf und sah, die Hand am Mund, den vorbeifahrenden Wagen nach.

Am Ufer quakte unterdrückt ein Frosch, drüben antwortete einer. Der Junge schlenderte wieder zum Wasser rüber, unterwegs ließ er sein Hemd fallen, sammelte ein paar Kieselsteine. Ehe er am Ufer war, sprangen die Frösche ins Wasser. Sie waren erst zu sehen, wenn sie lossprangen. Wo er einen Kopf in den Pflanzen entdeckte, warf er seinen Stein hin, aber es war nicht festzustellen, ob er getroffen hatte. Er holte einen ziemlich großen Stein, mit dem in den Händen vor dem Bauch wartete er und wuchtete ihn auf einen in der Nähe auftauchenden Frosch. Wasser und Grünpflanzen spritzten hoch. Der Frosch war verschwunden. ›Na warte‹, sagte der Junge, ging ein paar Schritte vom Ufer zurück, nahm einen schweren, flachen Stein auf, ging noch etwas weiter zurück und legte sich ins Kraut, den Stein vor sich. Er lag still, und wenn eine Fliege sich auf seinen Rücken setzte oder eine Ameise am Bein war, bewegte er seinen Arm nur langsam hin.

Er beobachtete, wie die Köpfe der Frösche im Grün auftauchten, verschwanden, näher am Ufer wieder erschienen, dann schwamm ein Frosch heran, saß noch etwas im seichten Wasser und sprang an Land. Ein zweiter kam und ein dritter. Der Junge faßte den Stein mit beiden Händen. Er lag mit den Unterarmen aufgestützt, den Kopf flach zwischen den Armen. Langsam zog er seitlich die Beine an. Noch ein vierter Frosch saß jetzt am Ufer, drei Meter vor dem Jungen. Da riß er die Beine unter den Bauch, richtete sich auf die Knie, hob den Stein mit beiden Händen über den Kopf, warf ihn auf den nächsten Frosch. Der Stein schlug flach zu Boden, Frösche plumpsten ins Wasser. Der Junge sprang auf und zu dem Stein. Er kantete ihn hoch. Der Frosch war entkommen.

Verdammtes Biest! sagte der Junge. Dann trollte er sich zu seinem Hemd zurück, ein Heuhupfer saß darauf – er ging um das Hemd herum, näherte sich gebückt, von vorn, dem Heuhupfer, mit zusammengelegten, gebogenen Händen. Das Insekt sprang gegen die Hände, fiel zurück, und der Junge fing es. Er hielt es in seiner rechten Faust und nahm mit der linken das Hemd auf. So ging er hinüber zur Unterführung. Wo der Schatten begann, blieb er stehen, hob die Faust dicht vor sein Gesicht, öffnete behutsam die Finger. Der Heuhupfer blieb still in seiner Handschale sitzen. Na los schon, sagte der Junge, pustete ihn mit gespitztem Mund leicht an, und wie der da in weitem Bogen ab ins Kraut sprang: Hoppla. Er lachte etwas, zog sich das Hemd über und verschwand unter der Brücke.

Maienspiele

Sie hatten den Flaggenappell hinter sich, mit geputzten Schuhen und Koppeln, und ohne Fliegeralarm. Die Ansprache des Stammführers aus Oranienburg. Der hatte von den siegreichen deutschen Soldaten gesprochen, den Geheimwaffen und bevorstehenden Vergeltungsschlägen, von den Lügen der Flüsterpropaganda, hatte sie zur Wachsamkeit aufgerufen gegen die Feinde des Volkes an der Heimatfront, die unnachsichtig zu stellen und auszumerzen seien, auch von ihnen, den jüngsten Soldaten des Führers. Dann waren aus dem Fähnlein zwei Jungenschaftsführer und ein Jungzugführer befördert worden, sie waren durchs Dorf marschiert, hatten sich heiser geschrien mit Schwarzbraun ist die Haselnuß und Es zittern die morschen Knochen. Auf der Hauptstraße und vor der Kirche hatten sie fürs Winterhilfswerk sammeln müssen mit den Büchsen. Dann zu Hause gleich die Kluft in den Schrank und ab in den Sonntag. Am Gutshof trafen sie sich, an der Allee mit den jungen Kastanien, die Beute von gestern dabei.

Sie gingen zum nächsten Baum, schüttelten den dünnen Stamm, die Käfer prasselten auf den Boden. Zwei hatten Schuhschachteln bei sich, eine davon mit Löchern im Deckel. Der dritte eine größere Konservendose, der Deckel war nicht ganz abgeschnitten. Er bog den Deckel hoch und sammelte Käfer in die Dose. Die beiden kleineren Jungen sammelten an andren Stellen unter dem Baum, aber sie hatten Mühe, wenn sie ihre Schachteln öffneten, neue Käfer reinzutun, denn sie mußten immer wieder welche, die über den Rand kletterten, zurückstoßen.

Mistviecher, sagte der Kleine in Lederhosen.

Der mit der Dose lachte. Was nimmste auch ne Schachtel!

Wenn ein Käfer schwerfällig losflog, haute er ihn mit der flachen Hand wieder zu Boden. Sie sammelten, bis außer den plattgefahrenen und zertretenen, auf denen saßen Fliegen, wenn sie noch frisch waren, keine Käfer mehr rumlagen.

Da kriecht noch einer, sagte der Kleine zu dem andern, dessen Schachtel die Löcher hatte.

Ist doch egal, antwortete der, aber der Große ging hin, nahm ihn mit Daumen und Zeigefinger auf und tat ihn in die Dose.

Wenn schon denn schon, sagte er. Und: Ich hab jetzt voll.

Ich erst halb!

Ich auch. Bei uns gehn viel mehr rein.

Los, wir schütteln noch einen, und du machst mit in unsre Schachtel.

Hier! sagte der Große und zeigte auf seine Stirn. Wir haben auch genug. Die andern holen wir nachher.

Die Kleineren brummten was, aber gingen mit.

Und was machen wir jetzt? Die können wir nicht alle mit in die Penne nehmen!

Klar Mensch! sagte der mit der Dose, wollen wir ja auch nicht. Sind Schädlinge, die müssen weg.

Und wie? Deiner Mutter in den Mülleimer schmeißen?

Mensch, tolle Idee, das gäb n Ding.

Sie lachten. Am Herrschaftshaus gingen sie vorbei, über den Hof. An der Scheune stand eine Regentonne, halb voll Wasser, unter der Rinnenmündung.

Du Peter, sagte der Kleine, da rein!

Und wenn sie schwimmen können? sagte der mit der gelochten Schachtel, aber der Große sagte: Zeig mal her, nahm ihm die Schachtel aus der Hand und den Deckel runter. Zwischen den bräunlichen Leibern der übereinander kriechenden Maikäfer lagen ein paar Kastanienblätter.

Wozu hasten die Blätter da drin?

Damit sie was zu fressen haben. Los, gib her. Wenn du noch lange offen läßt, haun sie ab.

Mir haut keiner ab. Und ich sag dir, du hast einen, die noch zu füttern. Sind doch Schädlinge. Haste nicht gehört, was der Becker gesagt hat? Was die wegfressen!

Er holte zwei aufeinander verkrallte Käfer aus der Schachtel, zeigte sie den andern: Junge Junge – die Schweine vögeln noch hier drin! Er versuchte, sie auseinanderzuziehen, aber an den spitzen Hinterleibern hielten sie fest zusammen.

Mann, haben die sich lieb, sagte der in Lederhosen. Schmeiß sie ins Wasser, ne kalte Dusche wird ihnen gut tun.

Der Peter hieß hielt die Käfer über die Tonne, öffnete die Finger, sie fielen ins Wasser. Die Jungen lehnten sich über den Rand der Tonne. Der untere Käfer bewegte die Beine, er wurde durch das Gewicht des oberen unter Wasser gedrückt, aber sie lösten sich nicht voneinander.

Geht mal weg, sagte der Große und hielt den offenen Schuhkarton über die Tonne. Warum nimmste nicht deine, sagte der andre, hast ja selber welche.

Ist doch egal. Kommen alle dran. Wir machen jetzt ein Gottesurteil. Die ersten zwanzig, die rauskommen, ersaufen.

Meinetwegen, aber ich halt die Schachtel, sind meine.

Der Junge nahm sie dem Größeren aus der Hand. Einige Käfer hatten den Rand schon erreicht, welche fielen zurück zu den andern, welche hielten sich an der Kante, welche rutschten an der glatten Außenseite ab und fielen ins Wasser. Sie blieben alle auf der Oberfläche. Als einer von denen auf der Kante anfing zu pumpen, stupste ihn der Große in die Tonne. Mehrmals noch fing einer an zu pumpen, und wer von den Jungen es zuerst bemerkte, stupste ihn rein. Sie taten es um die Wette.

Aufhörn, sind schon über zwanzig! rief der Kleine plötzlich.

Sie schubsten die oben sitzenden Käfer zurück in die Schachtel und der sie hielt, legte den Deckel drauf. Im Wasser schwammen viele Käfer. Zwei versuchten, vergeblich, am Rand das Wasser zu verlassen und an der Wand hochzukommen.

Ob die wirklich ersaufen? fragte der mit der Lederhose.

Na klar, lange machen die nicht mehr, antwortete ihm der Große und nahm seine Dose auf.

Und nun, was machen wir mit den andern? wollte der Blonde mit den Blättern in der Schachtel von ihm wissen, und der Kleine schlug vor: In Bach schmeißen, aber der Peter hieß sagte: Quatsch. Da haben wir doch nichts von. Hab ne Idee – wir spielen Sachsenhausen.

Kazet?

Klar, warum nicht?

Eingesperrt sind sie schon.

Totmachen, jeder denkt sich was aus zum Totmachen.

Du, ich glaub, das ist ne tolle Idee von Peter, das können wir spielen, sagte der Kleine zu dem andern. Ich weiß auch schon, was wir machen können.

Na?

Kommt mal mit auf den Kiesplatz, da baun wir n Scheiterhaufen und verbrennen sie.

Sie gingen durch den Garten das Stück Weg zum Kiesplatz, da war überall Sonne, staubiges Unkraut, vertrocknende Pfützen, da waren Bachstelzen und Kohlweißlinge, waren rostige Loren und

Schienen. Sie stellten ihre Gefäße ab und sammelten Holz, an verschiedenen Orten. Der Kleine suchte dünnes Reisig zusammen und schichtete es kreuzweis um einen Stab, den hatte er in den Boden gesteckt. Die beiden andern holten gröberes Holz, trockne Äste und Splitter von Planken, die warfen sie aufeinander zu einem unordentlichen Haufen. Auf der Windseite schoben sie vorjähriges Gras unter das gröbere Holz. Der Kleine kniete neben seinem Holzstoß, holte einen Käfer aus der Schachtel und Zwirn aus seiner Hosentasche, damit band er den Käfer zwischen Brust und Leib so an den senkrechten Holzstab, daß die Beine in der Luft zappelten. Dann ging er zu den andern rüber.

Was solln das sein? sagte er, ist doch kein Scheiterhaufen, sowas.

Na zeig erstmal deinen, von dem sieht man noch gar nichts.

Dafür ist er aber echt!

Die drei Jungen gingen rüber, wo der in Lederhosen den Maikäfer angebunden hatte. Die beiden Größeren sagten nichts. Sie hatten die Hände in den Hosentaschen.

Ich zünd jetzt an, sagte der Kleine, holte Streichhölzer raus, riß eins an und hielt es unten an den Holzstapel. Er hatte etwas morsches Zeitungspapier reingestopft, das zündete sofort, die Flämmchen züngelten am Holz hoch, es stieg kaum Rauch auf. Noch ehe die Flammen den angebundenen Käfer erreicht hatten, begannen seine sich bewegenden Beine und Fühler zu schrumpfen, sich zu verbiegen, und auch die Flügeldecken wurden von der Hitze an den Rändern versengt.

Armes Schwein, sagte der Junge, der die Blätter in seinen Kasten gelegt hatte.

Mitleid? fragte der Große.

Die Flammen hatten den Käfer erreicht, es qualmte etwas, aber ehe der Chitinpanzer Feuer fing, brannte der Faden durch, und der angekohlte Leib fiel in den brennenden Haufen. Gleich darauf war ein leises, knallartiges Geräusch zu hören.

Ich glaube, jetzt ist er geplatzt, sagte der, der den Haufen errichtet hatte, und der Peter hieß nickte.

Wer aufm Scheiterhaufen stirbt, kommt in den Himmel. Aber kannste mir mal sagen, wie lange du machen willst, bis du alle deine Käfer verkokelt hast? Komm, jetzt zünden wir unsern an, der geht schneller!

Er zog den andern Jungen am Arm mit sich. Der Kleine nahm seine Schachtel auf und folgte ihnen.

Gib mal die Streichbeine, sagte er zu ihm, nahm sie ihm aus der Hand, kniete sich vor den Holzhaufen. Der Wind blies ihm die ersten Hölzer aus. Der Kleine lachte. Er holte ein Stück Zeitungspapier, sagte, laß mich mal, kniete sich neben den Großen, aber der gab die Schachtel nicht her.

Hier drunter! Er machte ein Loch unter dem Gras, stopfte die Zeitung rein, der Peter hieß zündete nochmal an, und da brannte es gleich. Die Jungen standen auf und sahen zu, wie die Flammen sich durchs Holz schlängelten, es belebten, Rauch aufjagten, zu lärmen begannen. Die beiden, die es angemacht hatten, stocherten drin, schoben Stöcke nach, legten neue auf, der dritte stand hinter dem Haufen, die Hände in den Taschen, ließ den weißen Rauch um sich treiben, sprang plötzlich zur Seite, rief Scheiße! rieb sich Tränen aus den Augen. Die andern lachten. Ein Maikäfer flog schwerfällig zwischen ihnen durch, hob sich in einem Bogen höher in die Luft und davon.

Mensch Dieter, deine Schachtel!

Der Deckel des gelochten Schuhkartons, der stand ein paar Meter weg vom Feuer, war etwas zur Seite geschoben, mehrere Käfer saßen pumpend darauf, andere krochen auf dem Boden, zwei flogen noch los, ehe die Jungen da waren und sie wieder einsammelten.

Du bist vielleicht blöd, sagte der Große.

Ach die paar, was macht denn das.

Das Feuer brannte jetzt hoch auf und fast rauchlos. Die Luft darüber war wie flüssig. Wenn einer schürte, mußte er die Hand vor Augen halten. Sie taten es abwechselnd.

Los, schmeiß deine jetzt rein, sagte der Große zu dem mit Lederhosen, aber der sagte: schmeiß du doch. Oder laß Dieter seine reinschmeißen. Ich mach was andres mit.

Meinetwegen, sterben müssen sie sowieso, sagte der, leise, trat dicht ans Feuer, auf der Windseite, nahm den Deckel ab und stülpte den Karton über den Flammen um. Die Kastanienblätter fielen raus und viele Käfer. Der Junge klopfte mit der Hand auf den Boden, da fielen noch ein paar, dann warf er den Karton auch ins Feuer. Die meisten Käfer fielen zwischen den Holzstücken durch in die Glut, sie zerplatzten mit leisen Knallen. Die Blätter blieben obenauf und rollten sich sofort zusammen, gaben weißen Qualm, die Käfer daran blähten sich ehe sie aufplatzten und Grünliches rauskochte, die braunen Flügeldecken spreizten sich ab, am schnellsten brannten die feinen Flügel darunter, dann die Flügeldecken und Glieder, die

Körper schmorten nur und verkohlten allmählich. Die Jungen standen ums Feuer, beobachteten die Flammen, die Bewegungen des Holzes, der Käfer.

Möchte keiner sein, sagte der, der sie reingeworfen hatte.

Ungeziefer, sagte der Große und warf neues Holz auf, das den Haufen zusammendrückte.

Der in Lederhosen ging zu seiner Schachtel, auf die hatte er einen Stein gelegt, den nahm er runter und einen Käfer raus, setzte ihn auf den Stein, holte ein Katapult aus der Hosentasche.

Erschieß ich jetzt.

Er legte einen Kiesel ins Leder, zog den Gummi aus, zielte, schoß. Der Kiesel schlug auf den Stein, prallte ab. Er schoß nochmal, dann ging er näher und schoß wieder. Der Käfer kroch an den Rand des Steins, da nahm der Junge ihn auf, legte ihn rücklings in der Mitte hin.

Triffst ja doch nicht! lachte der andre.

Er zielte lange, aus noch geringerer Entfernung, ließ los, mit einem dumpfen Geräusch schlug der Kiesel den Käfer vom Stein runter. Er drehte sich rum, sah die zuschauten an.

Von so nah! sagte der Große, nahm ihm die Schleuder aus der Hand, drei Kieselsteine auf, stellte den Schuhkarton etwas schräg, mit offenem Deckel, gegen einen Stein, drin krochen die Käfer übereinander, machte ein paar Schritte rückwärts und schoß dreimal schnell hintereinander in die Schachtel. Die Steine machten beim Aufschlag ein Geräusch wie in Papier geschossen. Sie zerschlugen mehrere Käfer. Der Kleine legte den Deckel drauf.

Massenmord ist keine Kunst. Außerdem muß ich nach Hause.

Ich komm mit, sagte der, dessen Käfer schon verbrannt waren. Und was machste mit den andern?

Na verbrennen. Dachtste fliegen lassen? Er nahm seine Schachtel, warf sie auf das brennende Holz. Sie fing gleich Feuer, aber die Jungen sahen nicht mehr hin.

Der mit der Konservendose ließ an einer Pfütze Wasser durch den Deckelspalt reinlaufen. Nicht viel. Er machte den Deckel nicht auf. Wie er zum Feuer zurückging schüttelte er die Büchse und horchte dran.

Die können erst ein bißchen kochen!

Er stellte die Büchse mehr am Rand des Feuers in die Glut. Das war runtergebrannt, nur der Karton gab ein paar helle Flammen, er war auseinandergefallen, viele Käfer bewegten sich noch, fliegen konnte keiner mehr. Der Junge schob mit einem Ast etwas Glut um die Büchse zusammen. Dann lief er den andern nach.

Mann habt ihrs eilig! Los, jetzt kucken wir mal, was die in der Tonne machen!

Lieber heut nachmittag. Meine Mutter meckert immer gleich, wenn sie mit dem Essen wartet.

Muttipimpf, sagte der Große, aber kam doch mit.

Die Jungen gingen auf die Häuser zu, blieben nicht mehr stehen. In Bogen und Wirbeln trieb der Staub der Kiesgrube hinter ihnen her.

Als der Horch des Freiherrn in die Kastanienallee einbog, traten sie zur Seite und grüßten stramm. Der Wind knallte mit der Fahne auf dem Dach des Gutshauses.

Die Hütte muß uns gehören

Wir tragen unsre Hoffnung zu Grabe

Im März 1970 trugen wir einen schwarzen Sarg durch die Bahnhofsstraße von unserer Glashütte bis zum Rathaus. Ich ging vornweg, neben unserm Betriebsratsvorsitzenden und dem Kollegen Franz Vater, der da noch Bezirksleiter unsrer Gewerkschaft war und in der Eigenschaft besonders herzlich fluchen konnte – an diesem Morgen speziell darüber, daß es die ganze Nacht ohne seine Genehmigung geschneit hatte:

»Revolution wollt ihr machen, aber mich in Frankfurt anrufen, daß ich mir Überschuh mitbring – daran denkt keiner von euch Backpflaumen! Wenn ich morgen auf der Nase liege, dann könnt ihr sehn, wie ihr den Betrieb in die Finger bekommt!«

»Fang du auch noch an mit Revolution! Dann geh ich gleich nach Haus. Meinst, ich hätt keine nassen Füße?«

So unser Herbert, Kaschinski-Herbert, der leicht schon mal nasse Füße kriegte, oder auch kalte, wie viele, die bei Richard Schöngut groß geworden waren. Aber in der ganzen Sache hat er uns doch sehr entschieden vertreten. Weil die Glasmacher auch alle hinter ihm standen. Ein Gewerkschafter, der Herbert, wie ihn die Organisation gern hat. Sitzt heut im Kasseler Kreisvorstand unsrer IG Chemie.

Der Franz machte trotz seiner nassen Füße und der saftigen Flüche ein sehr getragenes Gesicht – besonders wenn Pressefotografen am Straßenrand ihn im Visier hatten. Als Kandidat für den Hessischen Landtag, klar, da braucht man immer auch ein öffentliches Gesicht. Aber wir sahen nicht lustiger aus, dem Sarg und den schwarzen Pappzylindern angemessen. Ganz entsprechend unsern Gefühlen. Von Begeisterung keine Spur mehr – mies, ausgesprochen mies. Auf dem Sarg stand: Wir tragen unsre Hoffnung zu Grabe. 250 Mann, alte und junge Kollegen, Frauen und Kinder, wir trotteten hinter der schwarzen Fahne und der Kiste her, durch den Märzschnee, und der war ein Symbol, ja, auch wenn er in der Nachmittagssonne langsam zu Matsch wurde.

»Scheint doch was genützt zu haben, daß der alte Schöngut jeden

Sonntag in der Kirchbank sitzt! Prompt schenkt ihm der Herrgott seinen Schnee, auf meine dünnen Socken. Und ihr Flaschen laßt zu –«

»Mann, Franz!« Ich mußte doch lachen. »Kannst nachher Scherben einlegen an meinem Ofen – da kriegst deine Socken bei 1100 Grad im Schatten getrocknet.«

»Der Ofen wird auch bald aus sein.«

Und Kaschinski-Herbert hatte recht – so war uns allen zumute nach der Betriebsversammlung vom Vormittag. Wut, Enttäuschung. Meine Frau war nicht die einzige, die an diesem Tag weinte. Bei mir wars auch nur noch Galgenhumor. Ein Dreivierteljahr hatten wir gearbeitet, als wär die Hütte schon unser Betrieb gewesen, hatten den ältesten Schmelzofen in unbezahlten Überstunden abgerissen, damit ein neuer möglichst billig gebaut werden konnte, wenn erst das Geld dazu bewilligt war, wir hatten die Glasqualität erhöht, den Kühlbruch gesenkt, freiwillig auf die Tariferhöhung verzichtet, oft zwölf Stunden am Tag geschuftet – das alles war plötzlich möglich gewesen, seit der Alte versprochen hatte, uns den Betrieb zu übertragen. Und jetzt plötzlich! Hat der Fuchs die Frechheit, sich vor uns hinzustellen und das Versprechen rückgängig zu machen! Es ginge ja wieder aufwärts mit dem Betrieb, Kredite wärn in Aussicht, zusammenhalten, also eine richtige Unternehmerrede wie aus dem Gewerkschaftslehrbuch:

»Ich hoffe, Sie haben Verständnis, daß ich ohne Unterstützung meines Arbeitgeberverbandes eine Diskussion in diesem Rahmen ablehne. Ich bin selbstverständlich grundsätzlich bereit, mich einer solchen Diskussion zu stellen, aber in einem kleineren Kreis, der sich nach meiner Auffassung zusammensetzen sollte aus dem Betriebsrat, einer Vertretung der Gewerkschaft und einer Vertretung des Vereins der Glasindustrie. Ich glaube, daß eine Aussprache in diesem Kreis die beste Gewähr für eine sachliche Behandlung darstellt, die mir im Interesse der Sache unbedingt notwendig erscheint. Damit Sie klarsehen: In einem Punkt kann ich Ihnen bereits heute eine Erklärung abgeben, nämlich, ich bin nicht bereit und sehe dazu auch keine zwingende Veranlassung, die von mir erwartete Verzichtserklärung abzugeben. Ich bin weiter überzeugt, daß bei einer vertrauensvollen Zusammenarbeit zwischen Belegschaft und mir eine Lösung der anstehenden Probleme gefunden werden kann.«

So weit die Erklärung von Richard Schöngut, unserm Chef, die er dann gleich Franz Vater schriftlich übergab. Franz hatte es schwer, sich in dem Tumult überhaupt Gehör zu verschaffen. Alle redeten und riefen durcheinander: Das ist das katholische Unternehmertum! Schweinerei! Wir haben lange genug gewartet! Auf den Mond schießen! Richard in Pension! Selbst die alten Schöngut-Leute, die schon in Schlesien bei ihm gearbeitet hatten, hatten das nicht erwartet, waren empört. Aber dann ging der Franz, unser Herzog, voll ran.

»Kolleginnen und Kollegen! Kolleginnen und Kollegen! Ich stelle hier klar und unmißverständlich fest: Was Herr Schöngut eben gesagt hat, ist ein Wortbruch! Nichts andres. Man kann daraus sehn, wie leicht ers sich macht, über das Schicksal von 300 Arbeitern zu befinden. Am 9. Juli 1969 hat Herr Schöngut uns schriftlich erklärt, daß er bereit ist, auf den Betrieb zu verzichten, wenn er keine besseren Vorschläge für die Fortführung finden kann. Er hat keine gefunden – wir haben sie gefunden! Die Gelder für den Neubau und Umbau der Öfen stehn bereit. Herr Schöngut dagegen lebt von Hoffnung und Glauben und weiß heute so wenig wie vor einem Jahr, wie er den Betrieb weiterführen soll! Ihm wird niemand mehr Geld geben. Aber wir, wir haben ihm eine Lebensrente von monatlich 2000 Mark – mit Steigerung! – geboten. Dazu Wohnrecht in seiner Wohnung – sein Lebensabend und der seiner Frau ist sichergestellt. Wir wollen Sie nicht ins Elend stürzen, Herr Schöngut. Wir wollen Ihnen auch nicht den Betrieb wegnehmen! Wir wollen nur unsre Arbeitsplätze erhalten. Und das müssen Sie doch zugeben, daß Sie nicht in der Lage sind, nicht mehr, diesen Betrieb zu leiten. Sonst stünden wir nicht vor dieser Situation. Ich kann nur sagen: Kollegen, das Nein von Herrn Schöngut ist unverantwortlich!«

Ich hatte eine Wut, ich fand auch den Schluß der Rede vom Franz zu sentimental, da mußte noch was ran, ich rief: »Herr Schöngut, ich frage Sie, können Sie das vor Ihrem Gewissen verantworten? Sie haben doch vom Papst einen Orden bekommen, und heut wolln Sie 280 Arbeiter verrecken lassen?«

Er gleich frech zurück: »Das lassen Sie nur meine Sorge sein, Herr Bolku, was ich vor meinem Gewissen verantworten kann!«

Dann der alte Dohleck, mit zittriger Stimme, er hatte Angst: »Können Sie eine Antwort geben, wie Sie die Firma erhalten wollen?«

Schöngut stand wieder auf. »Es besteht durchaus noch eine

Möglichkeit. Ich habe viele Verkaufsgespräche geführt. Aber sie werden verstehen, daß ich meinen Betrieb nicht verschleudern will. Der Betrieb ist durchaus lebensfähig – im Gegenteil, die Lage hat sich seit 1969 wieder gebessert.« Duptal-Helmut dazwischen: »WIR haben sie gebessert!« Er: »Ich habe gehört, es soll eine Demonstration mit schwarzem Sarg und mit schwarzen Fahnen stattfinden – ich kann nur sagen, daß damit dem Werk schwerer Schaden zugefügt wird.«

Jetzt Franz Vater wieder: »Wir werden uns noch mehr an die Öffentlichkeit wenden! Wir leben doch hier nicht in einem Kazet. Und Sie, Herr Schöngut, Sie sind ein unverbesserlicher Utopist!«

Das mit dem Kazet bezog sich auf die Hofdemonstration von vor zwei Tagen. Da warn wir mit schwarzen Schlipsen unter Schönguts Fenster immer im Kreis rumgelaufen wie auf einem Gefängnishof, als er mal wieder mit Herrn von der Glasindustrie über unsre Köpfe weg kungelte.

Werner Schpoks, der Bevollmächtigte unsrer IG-Chemie-Verwaltungsstelle in Kassel, ein ganz scharfer Hund sonst, der auch die Flugblattaktionen und alles mit uns vorbereitet hatte, der versuchte es noch mal mit Überredung: »Herr Schöngut, ich kenne Sie seit Jahren – Sie sind doch ein aufgeschlossener Mensch. Natürlich, Sie haben immer Ihren Standpunkt vertreten, so wie ich – aber wir haben auch immer einen Kompromiß gefunden, zum Wohl des ganzen Betriebs. Ich habe den Eindruck, was Sie jetzt tun, ist gar nicht Ihr Verhalten. Hier spukt noch der Unternehmerverband. Warum lassen Sie sich von diesen Leuten beeinflussen, die ganz andre Interessen vertreten? Die Produktion, das ganze Betriebsklima ist doch besser geworden seit dem vorigen Sommer – und die Belegschaft ist Ihnen immer noch gut gesinnt. Aber was tun Sie? Sie sagen nein. Ich muß sagen, ich bin erschüttert über Ihr Verhalten!«

Na schön, na schön – der Schafspelz hat aber auch nichts genützt. Es war noch ein paarmal hin und her gegangen, und Schöngut blieb doch bei seinem Nein. Obwohl er wirklich nicht der Typ des hartgesottenen Unternehmers war, kein cleverer Manager, sondern Künstler. Stimmt schon – Künstler. Hat sich selbst »Glaskünstler« genannt und wirklich schöne Stücke gemacht. Als alter Glasmacher, der zehn Hütten gesehn hat, kann ich das beurteilen. Das war auch der Grund, weshalb viele von uns irgendwie an ihm hingen.

Von manchem waren schon Großvater und Urgroßvater am

Ofen gestanden oder am Schleifstein gesessen, ein richtiges Zunftbewußtsein gibts bei uns noch, und die ganze Familie tritt morgens in der Hütte an. Vater bläst ein, der Sohn macht Kölbel, die Tochter geht als Einträger oder sprengt ab, und der Großvater, der nicht mehr am Ofen stehn kann, poliert oder packt. Manche warn noch mit ihren Pfeifen gewandert, richtige Zigeuner, und je mehr Kinder sie mitbrachten, um so lieber nahm sie die Hütte. Die Erfindung der Glausautomaten hat daran natürlich viel geändert, Mundglashütten sind selten geworden, Arbeitsplätze knapp, die ganze Branche ist kipplig, und wer sich nicht auf hochwertiges Glas umgestellt hat, geht über die Wupper. Aber dieser Zunftgeist, der ist noch da unter den echten Glasleuten. Und deshalb hatten es viele schwer, unsern alten Richard als Boß zu sehn, dem man die Zähne zeigen mußte.

Wir erfuhren erst später, daß Kollege Schpoks mit seinem Tip auf den Unternehmerverband genau richtig gelegen hatte. Am Tag vor der Betriebsversammlung hatte der Alte einen persönlichen Eilbrief bekommen, vom Verein der Glasindustrie. Ich zitiere: »Die Herren sind sich ebenso wie ich klar darüber, daß die Folgen einer Ablehnung der gewerkschaftlichen Wünsche mit großer Wahrscheinlichkeit zu einem Streik führen werden, mit dem Sie unter einen zusätzlichen Druck genommen werden sollen. Es ist dann leider auch damit zu rechnen, daß schließlich seitens der Banken die Eröffnung des Konkursverfahrens beantragt wird. Dieser Möglichkeit sollten Sie ins Auge sehen, auch wenn es Ihnen noch so ungeheuerlich vorkommt. Man kann aber nicht die Augen davor schließen, daß die Bilanz zwar äußerlich einen Ausgleich der Aktiven und Passiven zeigt, daß es aber entscheidend darauf ankommt, ob die Wertansätze auf der Aktivseite im Ernstfall in dieser Höhe realisierbar sind. Ich bin beauftragt, Ihnen mitzuteilen, daß in einem solchen Fall die im Verein zusammengeschlossene Glasindustrie alles daransetzen wird, Sie und Ihre Frau Gemahlin vor materieller Not zu schützen.«

Dabei waren wir es, die Schöngut vor materieller Not schützen wollten! Alles schon notariell beglaubigt. Die feinen Herrn wollten lieber uns alle auf die Straße setzen, den hilflosen alten Schöngut in den Konkurs treiben mit faulen Versprechungen, als Arbeiter selbst ihren Betrieb leiten lassen. Zum Schluß schrieben diese Schlawiner noch: »Zunächst einmal ist es das Wichtigste, jede Form von Verzichtserklärung als unzumutbar strikt abzulehnen.«

Na, das hat er dann ja auch getan, fast wörtlich. Und wir saßen in der Patsche.

Oder vielmehr: im nassen Schnee. Viele wollten aufgeben nach der Betriebsversammlung, zogen ab wie begossen. Die Front ging quer durch die Belegschaft, manchmal durch die Familien. Um unsern Herzog sammelte sich ein ganzer Trupp: Franz hatte Schöngut die Hand nicht mehr gegeben.

»Nee nee Franz, ich hab dir in die Hand versprochen hierzubleiben, aber jetzt reichts. Montag nehm ich Urlaub und bewerb mich in Triburg. Und ich garantier dir, da fährt noch mancher!«

Uwe Kegler haute in dieselbe Kerbe wie Schalli: »Keinen Tag wart ich länger! Bin nicht verrückt. Wenn 40 arbeitslose Glasmacher auf einmal in Hessen rumlaufen, dann gute Nacht!«

Das Pulver vom Franz war naß: »Ich kanns euch nicht übelnehmen, Kollegen.«

Aber für den alten Dohleck sah die Sache anders aus: »Und was machen wir, wenn ihr abhaut? Ihr habt den Mund voll von Solidarität, aber nur für die Hütte. Wo die Schleiferei bleibt, das kommt euch nicht in den Kopf.«

Da war der Karl am wunden Punkt. Rehburg-Gerd ging gleich hoch: »Ach nee! So lange war euch der Schöngut der liebe Papa. Der immer nurs Beste gewollt hat. Und jetzt sinds die Glasmacher, die euch die Stange halten solln?«

»Die Glasmacher sind die Könige, das war immer so, was willst du machen.«

»Könige! Ich hör immer Könige – was schleift denn ihr, wenn wir kein Glas machen? Eure Fingernägel vielleicht?«

»Nun halt aber die Luft an, Gerd! – Kollegen, wenn wirs bis hierher geschafft haben, dann lassen wir uns doch jetzt nicht vom alten Schöngut auseinanderdividieren. Der kriegt jetzt erst richtig Zunder. Jetzt geht unsre Mine hoch! Und das hörn sie morgen in Frankfurt und im ganzen Land. Oder habt ihr die Transparente und den Sarg zum Spaß gemacht?«

Schpoks-Werner hat die Kollegen wieder mitgerissen. Die Vertrauensleute, so zwanzig Kollegen, beschlossen: die Demonstration findet statt wie geplant. Und sagten der Belegschaft Bescheid. Um drei an der Werkspforte sammelten sich nicht nur die Betriebsangehörigen, es waren auch viele Frauen und Kinder von Kollegen da. Richard Schöngut – er wohnte ja in seinem Haus am Ende des Fabrikgeländes – ließ sich nicht blicken.

Wir also los, vorn die Fahne, die Funktionäre, Kaschinski, Franz Vater und ich als Vorsitzender der Vertrauensleute, dann hinter dem Sarg die ausländischen Kollegen, dann ein Trupp Frauen, dann der ganze Rest, Schleiferei, Packerei, Versand, Büros, Glasmalerei, Hofkolonne. Kaum einer fehlte. Trotzdem war der Zug durch die Bahnhofsstraße ein Spießrutenlaufen. Isenhausen hatte so was noch nie erlebt. Und glaubte auch nicht, was es sah. Außer ein paar Fotografen aus Kassel und Kindern war kaum einer auf der Straße. Aber hinter den Gardinen, wir fühlten es fast im Nacken, da standen sie und schüttelten die Köpfe.

Richard Schöngut war hier einer der angesehensten Bürger – Vertriebenenpolitiker, erst im BHE, dann in der CDU, Stadtverordneter bis 69, sogar mit einem Besuch des Bundespräsidenten Lübke hat er sich mal schmücken können, und dann hatte er ja als Glasdesigner den Namen unseres Heimatstädtchens immerhin über die Grenzen weg bekannt gemacht – unser schweigender Zug war eigentlich eine wandelnde Majestätsbeleidigung.

Die Jüngeren störte das weniger, aber die Alten hatte nur die Angst vor der drohenden Arbeitslosigkeit zu diesem ungeheuerlichen Schritt getrieben – für sie war es wirklich schon fast die Revolution, hier mit uns zu demonstrieren, wo jeder jeden kannte.

Daß ich meine Tochter mitgenommen hatte, das war für meine Frau zuviel. Sie hat immer zu mir gehalten, zweimal war ich fristlos entlassen worden als Betriebsratsvorsitzender, hatte zwar recht bekommen im Prozeß, aber jedesmal mußte ich die Hütte und die Stadt wechseln. So frisch waren wir nun nicht mehr, vor zwei Jahren Silberhochzeit – nach zehn Jahren Isenhausen wollten wir hier nicht mehr weg. Dafür kämpfte ich. Dafür wollte sie stillhalten. Sie stand am Fenster, als wir unten vorbeikamen, stumm, und weinte. Hatte Angst. Ich mußte das richtig von mir abschütteln, das Bild. Ich hätte die Gabi nicht mitnehmen sollen. Mir wurde da erst klar, was ich meiner Frau in den letzten Wochen so selbstverständlich alles zugemutet hatte. Wenns nur die Besprechungen gewesen wärn an den Abenden, im Sportlerheim, im Ratskeller, bei den Kollegen und in unserm Wohnzimmer – aber wir hatten auch die Transparente, den Sarg, alles bei uns im Keller gemacht! In einem Haus der Glashütte!

Rehburg-Gerd war dabei, Kegler-Uwe, dann der Duptal-Helmut, alles Glasmacherkollegen, und von gegenüber der Schindel-Jochen, unser Glasmaler-Meister. Uwes Frau hatte die Laken für das große Transparent zusammengenäht, aber was wir draufschreiben wollten, und auf den Sarg, darüber haben wir hart diskutiert.

Der Helmut meinte, wenn wir auf den Sarg das Bild vom Schöngut malen, dann wär der Teufel los: »Ich hab mit Franz Vater gesprochen, der sagt auch, man kann das nicht machen. Da stehn die Isenhäuser kopf!«

»Was heißt das denn – kann man nicht machen? Ist der Schöngut ein toter Mann oder nicht?«

»Mensch Gerd! Was haben wir davon, wenn die ganzen Schlesier nicht mitgehn? Ich find das nit gut. Er lebt doch noch, oder?«

»Das merk ich.«

»Na. Laß ihn übermorgen n Schlaganfall kriegen, sind wirs gewesen.«

»Wir sinds doch immer.«

Der Gerd konnte ganz sanft und lieb sein, aber wenn er ein paar Bier intus hatte, wurde er unheimlich scharf und bissig. Kinderreiche Familie, Armut, der Spott der Bauernkinder und die Strafen der Lehrer, das hatte sich ihm so richtig eingebrannt wie eine Tätowierung, und wenn er die Ärmel aufkrempelte, bildlich gesprochen, dann kam das wieder raus. Ich machte einen andern Vorschlag für die Aufschrift: Wir tragen unsre Hütte zu Grabe.

Aber da war der Jochen nicht mit einverstanden: »Ich weiß nicht – unsre Hütte? Ich kann mich irren, Rudi, aber die wolln wir doch grade retten, durch unsern Protestzug. Ihr steht jetzt seit Tagen mit schwarzen Schlipsen am Ofen, gut, das hat seinen Sinn, aber nimm mal an, Schöngut sagt morgen in der Versammlung wieder nein – was dann? Dann will ich nicht resignieren. Vielleicht hab ich unrecht, aber das sagt der Spruch für mich.«

»Jawoll, der Jochen hat recht. Was Kämpferisches.«

»Wer spricht denn von Resignieren, Jochen. Daß er die Hütte gutwillig hergibt, wenn ich daran noch glauben würd, säß ich nit hier im Rudi sein kalten Keller. Es kommt drauf –«

»Helmut, hör mal – Helmut! Ich hab mir noch einen andern Spruch aufgeschrieben – wie findt ihr den: Bedacht mit Titeln und mit Orden – und was ist aus der Hütte geworden?«

Jochen fand mein Gedicht gut, und auch Gerd meinte, daß das einigermaßen hinhaute, aber Uwe hatte recht: »Das Ding ist viel zu lang für den Sarg.« Na schön. Helmut machte dann den Vorschlag, den Spruch für das große Transparent zu nehmen, allgemeine Zustimmung, und Jochen malte los. Bis wir den Sarg aus den alten

Schrankbrettern gezimmert und schwarz angestrichen hatten, stand auch die Aufschrift für ihn fest: Wir tragen unsre Hoffnung zu Grabe. War auch so ein pessimistischer Spruch. Aber nachdem beschlossen war, das Ganze als Trauerzug aufzuziehn, paßte er immerhin. Im Fernsehn hatten wir die Ruhrkumpels gesehn, mit den schwarzen Fahnen, als ihre Zechen stillgelegt worden waren. Wir hatten das Gefühl – zu ner Fabrikschließung gehört Schwarz, Trauer, stummer Protest. Keiner kam drauf, daß die eigentlich doch umsonst protestiert hatten – die Schächte warn ja trotzdem dichtgemacht worden. Allerdings – das Schwarz hatte in unsrer Hütte auch schon ne Tradition, der alte Schöngut hat sie höchstpersönlich begründet. Nämlich 63, da hatten wir 14 Tage gestreikt, um die Tarife, Streikposten geschoben, alles. Für Schöngut ein unfaßliches Ereignis, das ihn »mit tiefer Trauer erfüllte« und weshalb er tatsächlich eine Woche lang mit schwarzem Schlips rumlief! Schpoks-Werner hatte uns in diesem einzigen richtigen Arbeitskampf der Hütte geführt, und Helmut hat als Streikposten seinen ersten Sohn auf Kiel gelegt – erzählt er heut noch manchmal, stolz. Ist auch ein sehr hübscher Junge geworden, bringt ihm schon mittags das Essen an den Ofen.

Abgesehn von den schwarzen Schlipsen gabs aber keine Verbindung zwischen unserm Streik damals und der roten Bilanz, die Schöngut sechs Jahre später schreiben mußte. Damals floß das Geld noch – ERP-Kredit, Lastenausgleichsgeld, Strukturförderung, alles mögliche kriegte er für die Hütte. Und was hat er damit gemacht? Statt die Maschinen und Öfen zu verbessern? Eine Ausstellungshalle und ein Hotel gebaut! So richtig außen hui, innen pfui. Damit er seine internationalen Bewunderer unterbringen konnte und seine Schöpfungen im Sonnenlicht zeigen. Springbrunnen im Hof, und wann wurde der angestellt? Wenn Besuch kam ... Wir durften zusehn, wie wir mit den alten Pfeifen fertig wurden, Kühlbänder ohne Thermostaten, Gas aus dem Kohlegenerator, das jeden Tag anders heizte, warum auch nicht, war ja hundert Jahre lang nicht anders produziert worden. Für neue Modelle wurde auch nichts ausgegeben. Nun mußten wir also marschieren. Um unsre Arbeitsplätze.

Direkt unterm Fenster vom Bürgermeister Wack haben wir dann auf dem Marktplatz gestanden, schön wirkungsvoll aufgebaut mit dem großen Transparent und den andern Schildern zwischen Schneehaufen und parkenden Autos, daß die Presseleute was zu knipsen hatten. Konnten die nicht umhin, das am nächsten Tag zu bringen, selbst die Hessische Allgemeine. Der VW von der Landpolizei parkte brav in der Nebenstraße. Erst, als sie Wind von unserm Plan gekriegt hatten, wollten sie ein ganzes Polizeiaufgebot schikken, von wegen Studenten aus Kassel, Schutz der Fensterscheiben, aber wir haben sie gewarnt, daß die Kollegen das als Provokation verstehn würden. Und so wars nun auch sehr friedlich, traurig friedlich, kann man sagen. Aus Franz Vater war die Luft raus, nach der Betriebsversammlung vom Vormittag. Er schimpfte noch ein paar Sätze über den wortbrüchigen Unternehmer ins Mikrophon. Im übrigen war er nun öffentlich bereit, das Kind im Brunnen zu lassen. Ein Reporter, offenbar von der Allgemeinen, hakte dann noch nach, wir standen drumrum:

»Herr Vater, hat Ihre Gewerkschaft ernsthaft damit gerechnet, den Betrieb geschenkt zu bekommen?«

»Weder handelt es sich hier um die IG Chemie, sondern um die Belegschaft, noch handelt es sich um eine Schenkung, denn der Betrieb ist total überschuldet, die Anlagen sind veraltet, und Herr Schöngut ist niemandem mehr kreditwürdig. Wir – das heißt: die Belegschaft, haben Herrn Schöngut angeboten, diesen, entschuldigen Sie, Scherbenhaufen zu übernehmen und ihn selbst schadlos zu halten.«

Gerd konnte natürlich das Maul nicht halten: »Er hofft immer noch auf das große Wunder vom Unternehmerverband. Dabei fahrn seine Spezis mit dicken Mercedessen hier vor und bieten uns Handgelder, wenn wir zu ihnen kommen!«

»Glauben Sie denn, die Arbeiter wären in der Lage, die Glashütte wirklich selbst weiterzuführen? Oder ist das eher ein Vorwand, weil im Grunde doch die Gewerkschaft hier einsteigen will. – Wollen Sie die freie Marktwirtschaft aus den Angeln heben, Herr Vater?«

Der provozierte so richtig, der Junge. Franz, vor der Presse immer korrekt: »Unsinn. Meine Gewerkschaft ist in der Lage, den Kollegen bei der Beschaffung von Krediten zu helfen. Zweifellos hätten sie die Hütte selbst weiterführen können. Sind ja alles hochqualifizierte Fachkräfte, die den Betrieb bis jetzt mit ihrer Leistung über Wasser gehalten haben.«

»Und damit ist es nun aus?«

»Ja. Nach der Erklärung des Herrn Schöngut vom heutigen Vormittag. Die Gewerkschaft kann nur noch darauf achten, daß die Lohn- und Gehaltsansprüche der Belegschaft erfüllt werden. Wir sehen keine Möglichkeit mehr, uns für die Erhaltung der Hütte einzusetzen.«

Daß Franz so sprach, verdammt, das war so was wie ein Todesurteil für uns. An dem Nachmittag merkten wir, daß er bis jetzt der Motor unsres Kampfes gewesen war. Und zwar genau seit jener Betriebsversammlung vom Juni 69, wo wir zum erstenmal von Schöngut über die Verkaufsverhandlungen hörten. Da hatte der Franz uns angedonnert, daß wir jetzt Solidarität zeigen müßten, alle zusammenbleiben, weil die Hütte garantiert verloren wär, wenn jetzt die Fachleute wegliefen. Er hats geschafft, der Belegschaft dies Fremdwort zu übersetzen – Solidarität. Fast ein Pfingstwunder, wenn mans richtig überlegt – wir leben in Nordhessen. Und da wählt man konservativ. Das heißt: SPD. Kein Witz. Die Kasseler Jusos können das Lied singen. Die Arbeiterbewegung in unserm 4000-Leute-Nest ist nicht viel andres als der Posaunenchor, der Tuspo und der Kegelclub der Damen. Mal eine Maifeier, mal ein Vortrag vom DGB-Ortskartell, mal eine Tarifverhandlung. Als ich in 68, als Vorsitzender vom Ortskartell, ein paar FDGB-Kollegen aus Nordhausen zu einem Vortrag eingeladen hab, da war was los! Hätten sie mich am liebsten rausgeschmissen, wegen unerlaubter Zonenkontakte, aber als Ehrenamtlichem konnten sie mir nichts machen.

Ein Dreivierteljahr war das nun anders gewesen, jedenfalls in unsrer Hütte. Bis zu diesem 6. März. Ein einziger Kollege hatte gekündigt. So eine Atmosphäre! Die Kollegen wach, engagiert, kämpferisch – eine Freude für jeden alten Gewerkschafter. Einfach durch die Hoffnung, selbst bestimmen zu können, mal nicht mehr alles von oben gesagt zu kriegen. Ich konnte nicht glauben, daß das zu Ende sein sollte. Aber da war noch einer, der jetzt die Zähne zeigte. Der Kollege Schpoks.

Lieber Hammer als Amboß

Franz war abgerauscht, zurück nach Frankfurt, die meisten nach Haus gegangen. Mit ein paar Vertrauensleuten saßen wir noch im Glashüttenhotel. Kam der Werner. Mit der Frankfurter Rundschau. Die hatte einen längeren Artikel über uns geschrieben, wie wir uns eingesetzt hätten, wie der Unternehmer uns hinhielt, und es wär an der Landesregierung, uns zu helfen, las uns der Werner vor – da wärn wir doch ein Stück weiter, wenn das jetzt schon in Frankfurt so rund ging. Aber die Kollegen ließen den Schwanz hängen.

»Eine Scheiße sind wir weiter«, der Gerd. »Grad genug, daß sich ein paar Journalisten an uns die Schneppen verdien.«

Kaschinski-Herbert und Helmut hauten in die gleiche Kerbe: »Weißt du, wieviel Betriebe bei uns jede Woche pleite gehn? Mindestens ein Dutzend!«

»Nicht mal die Isenhäuser gehn für uns auf die Straße. Die begreifen heut noch nicht, was das für die ganze Stadt bedeutet.«

»Mensch Kollegen! So eine prima Demonstration« – Werner sagte prima mit einem ganz langen i – »und jetzt wollt ihr ja wohl nicht aufgeben, wie? Vielleicht noch wegen dem Franz – ihr macht mir Spaß! Das ist, ehrlich, wie ne Vase einblasen und dann in der Form stecken lassen, wer macht denn so was. Wenn der Franz weg ist, ist die Gewerkschaft noch lang nicht weg. Und ich garantier euch, der kommt auch wieder! Wenn wir hier nicht den Kopf einziehn. Druck geben, Kollegen! Flugblätter machen, ran an die Öffentlichkeit. Holzköpfe kann man spalten, wenn man ne Axt hat. Man kann sie auch weichkochen. Dauert nur was länger.«

»Und ich sag dir: Wenn da nicht ne Anweisung vom Papst persönlich kommt, juckt den Schöngut nichts.«

»Stop mal, Helmut. Gibt natürlich auch noch den sanften Druck –«

Werner war nicht nur ein guter Sozialist und Gewerkschafter, dem alten Schöngut bestens verhaßt, weil er immer ganz hart verhandelte – der Werner war auch ein Fuchs. Er ließ den Streuwer eine Runde auf sich bringen.

»Ich glaube, ich versuch noch mal, mitm Richard zu reden. Ich spiel mal n Erzengel Gabriel, was meint ihr. So ganz ganz vorsichtig. Wie die Stachelschweine bei der Vermehrung.«

»Au verdammt, Werner! Du als Erzengel? Da kann *ich* als Butler beim Prinz Hohenlohe gehn.«

»Und ich kassier für die SPD die Kirchensteuer.«

»Mitm Klingelbeutel!«

Hat er uns erst mal zum Lachen gebracht, der Werner – das war schon ein Fortschritt. Obwohl wir erst nicht verstanden, wie er das meinte. Er hats dann erklärt, aber davon später.

Wir haben uns für den nächsten Tag, Sonntag, verabredet. In der Sportlerklause. Nach dem Spiel unsrer ersten Mannschaft gegen die Grebensteiner. Helmut und Gerd wollten unbedingt dabei sein, als Aktive im Tuspo.

Als ich nach Hause kam, war die Wohnung kalt. Meine Frau saß in der Küche im Mantel. Ich hatte morgens vergessen, Kohlen raufzuholen. Wenn sie nicht geweint hätte, wärs zum Lachen gewesen – sie ging nicht mehr in den Keller! Wegen dem Sarg! So abergläubisch. Dabei war er gar nicht mehr drin. Wenns noch ein echter gewesen wär, den hat sicher keiner gern im eignen Keller. Aber ein umgebauter Schrank! Erst zwei Wochen später ging sie mit mir zusammen wieder runter.

Um 12 saßen wir beim Frühschoppen, alle Vertrauensleute, Kollege Schpoks schon da, unsre Mannschaft hatte 2:1 gewonnen, das war schon mal gut. Unsre Entschlossenheit weiterzumachen, hatte uns wieder neuen Mut gegeben. Irgendwie erschien uns jetzt die Demonstration als ein Erfolg. Obwohl sie nichts bewirkt hatte, scheinbar, als daß der eine oder andere auf dem Sportplatz danach fragte, drüber lachte oder die ganze Sache mit Schöngut auch eine Schweinerei fand.

Kaschinski-Herbert hatte die Protokolle der Betriebsversammlungen mitgebracht, noch andre Unterlagen, Helmut unsre früheren Flugblätter, damit wir der Bevölkerung genau sagen konnten, wie alles abgelaufen war. Wir wollten ja informieren, zeigen, was sich hinter der schönen Fassade abgespielt hatte all die Jahre. Werner hatte einen Entwurf in der Tasche, ich auch schon Notizen, Stichpunkte. Trotzdem dauerte das, hin und her, einige mußten dann zur Familie, essen, also vertagten wir uns auf den Abend. Helmut und Herbert sollten zusammen das eine Flugblatt inzwischen fertigmachen, Werner und ich das andre. In dem einen sollte gezeigt werden, was der Bankrott der Hütte für die Stadt bedeuten würde, Ausfall von 1200000 Mark Lohngeldern für die örtlichen Geschäfte vor allem. Wir gingen mehr auf die Vorgeschichte ein. Und so war dann schließlich der Wortlaut:

Hammer oder Amboß???

Sollen 280 Arbeiterexistenzen dem Unternehmerstarrsinn geopfert werden? Dieses Schicksal droht den Kolleginnen und Kollegen der Isenhäuser Glashütte!

1946: Die Glashütte Schöngut wird aufgebaut.
Wer gibt was?
– Der Unternehmer Richard Schöngut seinen
Namen und Ideen,
– das Land Hessen
Steuergelder,
– die Arbeiter ihr Fachwissen und ihre Arbeitskraft!

bis
1960: Schneller Aufstieg und sichere Marktposition.
bis
1968: Trotz anhaltend guter Marktlage langsamer aber stetiger wirtschaftlicher Rückgang.
Warum?

Unternehmerische Fehlleistungen
Unterlassung notwendiger technischer Ergänzungen und Verbesserungen, autoritärer Führungsstil, Mißachtung der Arbeitervorschläge, mangelnde Anpassung an die Marktlage.

und ihre Folgen
Stagnation der Aufwärtsentwicklung, schlechtes Betriebsklima, Abwanderung von Arbeitskräften, zunehmende Ausschußquote, ab 1965 rote Zahlen in der Bilanz.

1968: Der Unternehmer beruft einen vom Wirtschaftsministerium empfohlenen Unternehmensberater. Dieser bestätigt die Warnungen der Arbeitervertreter und deckt den drohenden Konkurs auf.
1969: Die Stunde der Wahrheit!
Öffentliche Geldgeber erklären Schöngut für kreditunwürdig – Private Käufer scheuen nach Kenntnis der Fakten das Risiko – Sanierung wird von neuer Unternehmensleitung abhängig gemacht – Betriebsversammlung vom 18.6. fordert Arbeiterselbstverwaltung – Schöngut ist mit seinem Latein am Ende und stellt schriftlich die Überleitung des Betriebs in eine *Genossenschaftshütte* in Aussicht.

Jetzt nehmen die Kollegen unsres Betriebes das Heft in die Hand. Unsre technischen und organisatorischen Sofortmaßnahmen haben Erfolg:
– der Ausschuß wird rapid vermindert,
– die Produktion 1. Wahl steigt um 20 %,
– neue Formen werden in die Kollektion gebracht,
– die Frankfurter Frühjahrsmesse 1970 ist ein voller Erfolg,
– die roten Zahlen verschwinden.
Aber: Die Erfolge der improvisierten Maßnahmen können nur dann erhalten und gesteigert werden, wenn wir die uns in Aussicht gestellten Sanierungsmittel umgehend zur Erneuerung der Öfen und Durchführung dringend erforderlicher Reparaturen der abgewirtschafteten Betriebseinrichtung verwenden könnten.

Jetzt braucht die *Arbeiterinitiative grünes Licht!!*
Aber was tut Schöngut? Steht er zu seinem gegebenen Wort? Unter dem Druck des Unternehmerverbandes verweigert er die Betriebsübergabe. Wann merkt Schöngut endlich, daß er ein

Spielball seiner Standesgenossen ist? *Sie* wollen nur das Genossenschaftsmodell zerschlagen, ihn in den Konkurs treiben und sich *billig* die Isenhäuser Facharbeiter einverleiben.

Wir garantieren Herrn Schöngut mehr als die Bankrotthyänen. Statt der Sozialfürsorge bieten wir ihm und seiner Frau 2000 DM monatlich Leibrente und weitere Vergünstigungen.

Meint ihr, unser Schicksal sei ein Einzelfall? Was war mit den Firmen Crede und Kadruf? Was tut sich in der Firma Sulzmann? Ist das Schicksal der Großen Schlieker und Borgward schon vergessen? Müssen wir uns immer der Unternehmerwillkür beugen? Heute will man *uns* verhökern, und morgen wen?

WIR WOLLEN UNSER SCHICKSAL SELBST IN DIE HAND NEHMEN!
WIR WOLLEN NICHT LÄNGER AMBOSS SEIN!
HELFT UNS DEN HAMMER SCHWINGEN!

Verantwortlich: Die Vertrauensleute der Glashütte Schöngut.

Organisation des Gegenangriffs

Werner Schpoks, für den das Wort Feierabend in den Tagen genau wie für uns zum Fremdwort geworden war, fuhr abends mit den Entwürfen zurück nach Kassel und hat sie gleich Montag früh schreiben und vervielfältigen lassen. Wir standen um 6 wieder auf der Arbeitsbühne, klar, und bliesen unsre Kelche und Vasen ein. Gewohnheit, Pflichtbewußtsein. Oder auch eine Art Selbstversicherung. Als zwei Glasmacher 10 vor 6 noch nicht an ihrem Ofenloch standen, hat Herbert gleich zwei Einträger losgeschickt – keine 20 Minuten, hatten die die ersten Kölbel an der Pfeife. Und nicht nur wegen dem Gruppenakkord. Hätten wir uns jetzt durchhängen lassen, wärs das Eingeständnis gewesen, daß wir verloren hatten. Wir taten unsre Arbeit mit einer sauberen Wut im Bauch, aber genau. Und die Arbeit, diese schönen, nützlichen Produkte unsrer Hände und unsres Atems, die bestätigten uns, daß wir nicht so wertlos sein konnten, wie die roten Zahlen in Schönguts Bilanz uns weismachen wollten.

Während wir in der Hütte an den Öfen standen und uns der ehrliche Schweiß in die Hosen lief, setzte der alte Schöngut oben in seinem Büro auf den Schelmen noch einen halben, verfaßte einen Brief an seine sehr verehrten Geschäftsfreunde, dementierte, daß er je die Absicht gehabt hätte, »sein Lebenswerk« aufzugeben, schob alle Schuld für die Schwierigkeiten auf die hartleibigen Kreditgeber und bat um Vertrauen und weitere Aufträge. Also völlig mit dem Kopf in den Wolken! Und dann: »Parallel zu meinen Bemühungen wurde in der Belegschaft meines Betriebes unter Mitarbeit von Herrn Brender ein Konzept entwickelt, das die Weiterführung der Firma auf genossenschaftlicher Basis vorsah; ich konnte mich jedoch nicht entschließen, diesem Plan zuzustimmen.« Gut, er hatte uns das in der Betriebsversammlung auch gesagt, aber welcher Teufel ritt ihn, das in dieser Situation in alle Welt hinauszuposaunen?

Besagter Klaus Brender, sein Tochtermann und unser Geschäftsführer, konnte uns das nicht verraten, als er uns am Nachmittag eine Kopie des Briefes in die Vertrauensleute-Sitzung mitbrachte.

Brender war auch so eine Eigenheit unsres Betriebs, die man Außenstehenden erklären muß. Die Tochter des Firmeninhabers zu heiraten und als Diplom-Kaufmann sein Geschäftsführer zu werden – na gut. Aber dann zu sehen, daß der Chef starrsinnig betriebswirtschaftlich vernünftige Entscheidungen verhinderte, und aus lauter Enttäuschung mit der Belegschaft gemeinsame Sache zu machen, das war schon ein origineller Zug. Vielleicht wollte er sich auch nur beiden Seiten unentbehrlich machen oder hoffte ganz raffiniert, durch eine Genossenschaftshütte an die Kredite zu kommen, für die Schöngut nicht mehr gut genug war. Hab mir manchmal über seine Gründe den Kopf zerbrochen. Und nicht nur ich. Aber wir konnten uns unsre Bundesgenossen nicht aussuchen. Klaus Brender hat uns oft geholfen, vor allem, indem er uns über die wirtschaftliche Lage des Betriebs und die Pläne seines Schwiegervaters informierte. Deshalb hatten wir ihn auch bei vielen Sitzungen dabei, als wär er einer von uns.

Wir waren so um die 25 Vertrauensleute im Betrieb, und weil wir entschlossen waren, unsre Sache weiterzutreiben, weil wir zeigen wollten, daß wir von Arbeiterinitiative nicht nur redeten, deshalb wählten wir zweimal sechs Kollegen in einen Technischen und einen Presse-Ausschuß, Brender dabei. Die Aufgaben hätten natürlich auch vom Betriebsrat und der Vertrauenskörper-Leitung übernommen werden können, aber wir wollten ja weg von der normalen Betriebsverfassung mit ihren von Gesetzen oder von der Gewerkschaft bestimmten Organen. Die Wahl war gut, sie war ein Fakt, ein Schritt vorwärts, den wir der Belegschaft am nächsten Morgen an allen Schwarzen Brettern mitteilen konnten. Besonders der Technische Ausschuß, der deutlich besagte, daß wir uns selbstverantwortlich um den Betriebsablauf kümmern wollten.

Aber die Diskussion, bis es so weit war! Einige Kollegen wollten tatsächlich streiken, um Schöngut auf die Bretter zu bringen. Damit hätten wir genau das getan, was die Herren vom Verband der Glasindustrie erwarteten, hätten die Bude konkursreif gestreikt, ihnen die Konkurrenz vom Hals geschafft und ein paar hochqualifizierte Facharbeiter zugeschanzt, und 250 Kollegen hätten auf der Straße gelegen. Streit gabs auch darüber, ob wir die SPD um Hilfe angehen sollten. Der Duptal-Helmut, der an Willy Brandt glaubte, als wärs der Weihnachtsmann aller westdeutschen Arbeiter, schlug Delegationen zu den beiden Unterbezirks-Parteitagen Hessen-Süd und Hessen-Nord vor, die in derselben Woche anstanden.

Gerd lachte bloß: »Mensch, bleib mir weg mit deiner SPD! SPD – o weh! Die haben doch kalte Füße bis an den Arsch, daß wir hier ne Sozialisierung machen.«

Ich hab den Helmut unterstützt, und Kollege Schpoks, der ja schon genug Schwierigkeiten in der Partei gehabt hatte, hielt einen Versuch auch für vernünftig: »Allein schaffen wirs nicht. Wir müssen die fortschrittlichen Genossen drankriegen, daß die Entschließungsanträge einbringen. Das macht Eindruck in Wiesbaden. Wozu haben wir da eine SPD-Regierung.«

Gerd: »Seit 25 Jahren! Schon mal was von Dornröschen gehört?«

Das brachte Uwe Kegler auf eine Idee: »Wecken wir sie! Schütten wir ihnen ein paar Schubkarren Glasscherben vor den Landtag. Das scheppert!«

Mir gefiel der Vorschlag: »Mit einem Schild dabei – hier liegt eine blühende Glashütte. Das macht Presse.«

Kaschinski-Herbert zog ein Gesicht, als hätt er auf ne Nacktschnecke getreten: »Ist doch Quatsch – erpressen lassen die sich nicht. Wir müssen die richtigen einflußreichen Genossen drankriegen, über Franz Vater, daß die im Wirtschaftsministerium Druck machen.«

Jetzt regten wir uns auf, daß er unsre Vorschläge Erpressung genannt hatte, wo doch wir von Schöngut und vom Unternehmerverband erpreßt wurden, aber Helmut unterstützte ihn: »Ich kenn die Genossen. Helfen wolln die uns, bloß können tun sie nicht. Wegen den Gesetzen. Was meint ihr, was die CDU losmacht, wenn der Rudi Arndt hergeht und sagt, das Wirtschaftsministerium finanziert eine Genossenschaftshütte. Kassiert die CDU fünf Prozent Stimmen bei der Landtagswahl für.«

Sprang der Gerd auf: »Ja, ist das denn noch unsre Partei? Vor uns

Arbeitern brauchen sie keinen Respekt mehr haben, wie? Auf uns sind die abonniert. Denkste.« Und nach einem wütenden Schluck aus der Bierbuddel: »Ich geh jetzt schiffen!«

Werner Schpoks, der alte Gewerkschaftshase, brachte wieder Ruhe in den Verein, fand, das seien alles brauchbare Vorschläge, aber wir müßten mehr gewerkschaftlich rangehen, die Kasseler Großbetriebe informieren, Henschel, VW, daß die sich mal rühren, und Uwe fiel noch Günter Wallraff ein, den wollte Werner gleich morgen von der Verwaltungsstelle aus informieren, und PANORAMA, damit wir mehr Öffentlichkeit kriegten.

Die Frage war, was wir im Betrieb machen sollten, damit die Kollegen nicht resignierten. »Vielleicht mal die Frauen zu Schöngut in die Wohnung raufschicken, alle Frauen, mit Tränen in den Augen? Und die Kinder dazu.« Gerd war begeistert: »Aber vorher den Hintern vertrimmen, daß sie anständig heulen.«

Das fand der alte Karl Dohleck zu hart, human müßten wir schon bleiben, der Richard Schöngut wär doch kein schlechter Mensch.

Mir blieb bald die Luft weg. Persönlich hatte ich nichts gegen den Chef, aber jetzt, wo er uns mit seinem Starrsinn an die Existenz ging, und so Alten wie dem Dohleck-Karl doch zuallererst, da immer noch moralisieren, immer noch den Bittsteller spielen?

Ich sagte, und das war natürlich kein Einfall aus dem Augenblick: »Kollegen – immer mit Maulkorb? Ich mein, wir sind Arbeiter. Zweihundertachtzig! Wenn ich acht Stunden am Ofen stehn kann, im Akkord, dann kann ich auch noch was andres. Wir haben die Hütte aufgebaut und jetzt ein Dreivierteljahr selbst geführt. Auf wessen Segen warten wir noch?«

Helmut fragte mißtrauisch, wie ich das meine, und Uwe sagte nur das eine Wort, sprach es aus: »Fabrikbesetzung.«

Stille. Als wär ein Blitz neben uns eingeschlagen.

Dann Helmut, ganz ruhig: »Was sagt die Gewerkschaft dazu, Werner?«

Und Werner: »Ich sage, die Gewerkschaft sind wir.«

Ich hatte das Gefühl, daß er dabei ein bißchen grinste, unsichtbar, nur im Kopf – wenn man sich das vorstellen kann.

Es war erstaunlich. Werners Satz wirkte wie ein doppelter Klarer. Die Vertrauensleute waren plötzlich alle dafür, daß wir etwas in der Richtung machten. Erst mal die anderen Aktionen in die Wege leiten, aber wenn *das* nichts nutzte, dann –. Und gut vorbereitet.

Werner Schpoks erzählte uns noch ein paar Takte von der

Arbeiterselbstverwaltung in Jugoslawien, war sein Lieblingsthema, er fuhr schon seit vielen Jahren dahin, hatte Studiengruppen organisiert mit Betriebsbesichtigungen und wollte sich als Rentner in Istrien ein Haus und einen Fischerkahn kaufen. Nur von den volkseigenen Betrieben, 50 Kilometer entfernt, davon sprach er nicht und keiner. Und keiner wußte mehr davon, als die Zeitungen schrieben. Ich wußte. Aber die Angst vor den Kommunisten war den Kollegen so tief eingeimpft, und auch die Furcht vor der Polemik von rechts, daß ich meine Zunge im Zaum hielt.

Am nächsten Morgen waren die Vertrauensleute schon um fünf unterwegs, versorgten die Isenhäuser Hausbriefkästen mit unsern Flugblättern. Eine offene Verteilung auf der Straße, das hätten die meisten Kollegen nicht gewagt, wo hier jeder jeden kannte. In der Mittagspause kriegten wir schon die ersten Stimmungsberichte.

Wir hatten zwar auch eine winzige Kantine, aber da gabs nur heiße Würstchen und Bier. Die meisten Kollegen, die Werkswohnungen hatten, gingen entweder in der Mittagspause schnell nach Hause oder ließen sich von den Frauen oder Kindern einen Henkelmann bringen. Die Glasmacher sowieso. Irgendwas hält uns in der Nähe der Öfen, solange die glühende Glasmasse in den Häfen steht. Zwei sitzen auf einer Kiste, nur eine Blechstellwand zwischen sich und dem Hitze strahlenden Schamott, das Eßgeschirr auf den Knien, zwei haben sich am Fenster aus den Pfeifenschränken einen kleinen Verschlag hergerichtet und einen Tisch reingestellt, andre bleiben gleich auf der Arbeitsbühne an einem Platz, wo es nicht ganz so heiß ist. Manche können mittags überhaupt nichts essen, haben keine Ruhe, nur trinken, immer wieder trinken, Milch, Saft und viel Bier.

Schalli und Angelo standen dabei, als Uwes Frau von den spitzen Bemerkungen der Frau Schneider beim Fleischer erzählte, es tät ja keiner mehr arbeiten wollen in der Hütte, deshalb gings mit ihr bergab, weil die Glasmacher die hohen Löhne rausschleppten, Häuser würden sie sich bauen davon und in Schönguts billigen Wohnungen wohnen, ihr Mann in Kassel bei der Bundesbahn hätt grad halb so viel – in dem Stil.

Uwe nickte nur müde mit dem Kopf.

Angelo, der sich als Kölbelmacher weiß Gott bei uns nicht die Taschen vollmachte, fands eine Gemeinheit, was die Frau gesagt hatte.

Schalli, der brauchte erst seine Schaltpause, schmiß seine Bierflasche auf den Boden, legte los: »Hol mich der Teufel! Wo ist die Frau – die mach ich naß!«

Uwes Gisela war gleich halb so groß, ging ganz dicht an ihren Mann ran.

»Da schlägst dich doch an den eignen Kopf, da möchtst doch alles in Stück hauen – wo das halbe Nest von uns lebt! Kriechen die immer noch dem Schöngut in seinen katholischen Arsch?«

Die Gisela hatte schon Tränen in den Augen, was hatte sie jetzt angerichtet.

Angelo drückte Schalli schnell seine Flasche in die Hand: »Da, du trinken. Flasche kaputt – was nützt? Alle haben Angst. Wir zusammen – wir nicht haben Angst.«

Es war wohl mehr die Flasche als Angelos Worte, die Schalli erstmal den Mund stopfte. Wir standen herum, aber wollten nichts sagen. Schon sonst, bei normaler Arbeit, waren viele Kollegen leicht reizbar durch die Hitze und den Akkord-Streß, den ständigen Lärm der großen Brenner und des splitternden Glases. Jetzt aber hatten wir seit Wochen freiwillige Überstunden gemacht, hatten bis in die Nächte zusammengesessen, und die Aktivsten waren wegen den Krediten zu stundenlangen Verhandlungen nach Wiesbaden, nach Frankfurt, nach Kassel gefahren, hatten immer nur vage Versprechen und unsichere Aussichten nach Hause gebracht. Und um sechs wieder vor dem Glutloch gestanden. Die Spannung war so groß, daß ein Funken genügte, und der Krach war da.

Die halben Freunde und die ganzen

Die Unsicherheit war in diesen Tagen vielleicht das Schlimmste. Nicht nur die Unsicherheit um unser eigenes Schicksal und das unsrer Hütte. Was hier in Isenhausen passierte, das konnten wir ja noch einigermaßen überblicken und hatten es in der Hand. Aber ich hatte manchmal das Gefühl, daß unser Betrieb mit allem lebenden und toten Inventar so eine Schnurpuppe war, und wir konnten nicht sehen, wer genau an den Fäden zog und in welche Richtung, vorwärts oder zurück, ein ganzes Netz von Fäden. Die Ministerien, die Banken, die Parteien, die Presse, die Unternehmerverbände, die Studenten, die Gewerkschaften. Bis nach Bonn rauf und in den Bundestag ist das ja in den nächsten Wochen noch gegangen. Und selbst in unsrer eignen Organisation, merkten wir, gab es verschiedene Interessen, im Kasseler Ortsvorstand, im Bezirksvorstand mit Franz Vater und in unserm Hauptvorstand in Hannover. Das

Komische und zugleich Beunruhigende war, daß alle unsre, ich will mal sagen: natürlichen Verbündeten in den Organisationen der Arbeiterklasse unsern Elan für die Genossenschaftshütte großartig fanden, aber alle hatten sie Gründe, warum das jetzt nicht oder so nicht oder nicht ohne Zustimmung der Glasherren funktionieren könnte, und wir kriegten das Gefühl, daß ihnen die Sache irgendwie peinlich oder unangenehm war. Hätten sie einen dicken Kapitalgeber gefunden, ich meine: einen Unternehmer, der die Hütte übernommen hätte, also den Seufzer der Erleichterung hätte man in ganz Hessen gehört.

Aber wir hatten auch ein paar Freunde, auf deren Wort und deren Hilfe wir vertrauten. Werner Schpoks und Franz Vater zum Beispiel. Oder der Walter Wack vom Hauptvorstand, der in Hannover für uns kämpfte und den hessischen SPD-Beamten Feuer unterm Hintern machte. Und ein paar Studenten, aus Frankfurt. Wirtschaftswissenschaftler. Sie waren vor ein paar Wochen einfach angereist, hatten bei uns geschlafen und mal Licht in die verschlampte Buchführung der Hütte gebracht, mit Einverständnis des Geschäftsführers und der IG Chemie. Die setzten sich am nächsten Tag auf die Fährte vom alten Richard, als er zu seinen Unternehmerkollegen in Frankfurt fuhr. Das war ein kleiner Krimi für sich, wie sie in dem Hotel aus dem Nebenzimmer mit einem Richtmikrophon das Palaver der Bosse belauschten und uns den Beweis lieferten, daß Schöngut immer noch auf ihre Hilfe hoffte.

Ein paar Tage später erfuhren wir und die ganze westdeutsche Öffentlichkeit genau, was sie ausgekocht hatten. Nämlich ein geheimes Rundschreiben an alle Hohlglashütten. Ein echtes Eigentor, als der Brief ans Licht kam: »Anläßlich einer Besprechung im kleinen Kreis, die am 11.3.1970 in Frankfurt stattgefunden hat, im Zusammenhang mit den Gerüchten, daß die Firma Richard Schöngut in eine ›Genossenschaftshütte‹ umgewandelt werden soll, erklärte Herr Richard Schöngut, daß er nicht beabsichtige, auf seine Rechte als persönlich haftender Gesellschafter zu verzichten. Damit würde dieses Projekt nicht realisierbar sein. Auf Grund dieser Situation sprechen wir die dringende Bitte an unsre Mitgliedsfirmen aus, keine Arbeitskräfte dieser Firma einzustellen und die Bestimmungen unseres ›Abwerbungsbeschlusses‹ sorgfältig zu beachten. Selbstverständlich informieren wir Sie umgehend, falls eine neue Situation eintreten sollte.«

Gauner. Die liberale Presse hat nachher vor allem aufgeregt, daß es Absprachen gab, bestimmte Arbeiter nicht einzustellen, also die freie Wahl des Arbeitsplatzes zu behindern. Für uns wurde damit eine ganz andre Gefahr greifbar, die wir schon länger gesehen hatten – nämlich daß sie uns mit Versprechungen einige Spitzenkräfte, Glasmacher vor allem, aus der Belegschaft geknackt hätten, ohne die die Produktion in der Hütte zusammengebrochen wäre. »Die neue Situation« – das war die Genossenschaftshütte, da wär die Jagd frei gewesen.

Uns hat für eine frische Wut schon gereicht, als unsre Freunde von der Fachhochschule an dem Mittwochabend in der Vertrauensleute-Versammlung berichteten, daß Schöngut beim Rausgehn gelacht hatte, wohl weil ihm seine Spezis Kredithilfen in Aussicht gestellt hatten. Die wollten ihn so lange bei der Stange halten, bis der Betrieb rettungslos kaputt war, damit wir gar nicht erst zum Zug kamen.

Wir beschlossen, Schöngut am nächsten Tag ein Ultimatum zu stellen, auf einer spontanen Belegschaftsversammlung, Rücktrittserklärung bis Montag. Und dann, am Dienstag, Betriebsbesetzung. Herbert, als Betriebsratsvorsitzender, hatte zwar immer noch Hemmungen, weil die Bezirksleitung, Franz Vater, nicht von dem Plan informiert war, hatte auch solche Ängste wie: daß bei einer Besetzung von Kassel Leute mit in den Betrieb kommen könnten, um unsre Aktion umzufunktionieren oder womöglich Anlagen zu zerstören. Heute seien schon Kommunisten von Henschel dagewesen. Wir lachten ihn aus.

Immerhin mußten wir mit der Möglichkeit von Provokateuren rechnen, womöglich von den Unternehmern geschickt. Die hätten Munition liefern können, für noch mehr Stimmungsmache gegen uns. Gerd schlug eine Arbeiterwehr vor. Loni Schindel meinte, er würde zu viel Krimis lesen, und Elli Pitsch fragte ihn, ob er vielleicht schon mit dem Revolver unter dem Kopfkissen schlafen würde, da bot er ihr an, doch seinen Revolver mal auszuprobieren, der wär immer scharf geladen. Besonders wenn seine Rosi nicht zu Haus wär.

Wir haben dann doch so etwas beschlossen, jeder Betrieb hat schließlich seinen Werkschutz, wollten in Kassel Armbinden mit der Aufschrift »Arbeiterschutz« drucken lassen, und ein großes Transparent »Genossenschaftshütte«.

Die Vertrauensleute trieben am nächsten Tag den Kollegen in der Hütte und in der Schleiferei die Resignation aus. Richard Schöngut bekams zu hören, als er in seinem Chefzimmer mit einem anderen Unternehmer verhandelte, er provozierte uns offen. Wir standen schnell mit hundert Leuten im Hof, machten Sprechchöre: »Schöngut, wo bleibt deine Güte!« Und immer wieder: »Wir wollen die Erklärung – wir wollen die Erklärung!« Dazwischen dann schon mal: »Der Pleitegeier soll rauskommen!« und »Die Hütte weint, der Schöngut lacht, bis morgen alles zusammenkracht!«

Wer kam, war schließlich Klaus Brender, teilte uns mit, daß Schöngut sich weiter weigerte, zu seinem Versprechen zu stehn. Erzählte uns dann auch, wie sein Schwiegervater über die große Verschwörung gegen ihn geklagt hatte: die Gewerkschaft, die SPD, die Presse gegen den heimatvertriebenen Unternehmer – daß die ganze Belegschaft verhetzt sei, für die er mal Kinderfeste veranstaltet und Wohnungen gebaut habe, und daß der Geschäftsfreund ihm geraten hatte, den Betrieb doch lieber pleite gehn zu lassen, diese Belegschaft sei schon zu übermütig geworden.

Er konnte einem bald leid tun, der Alte, wie er so die Hände rang und die Welt nicht mehr verstand. Seine Welt. Die kapitalistische. In der er der gute Vater gewesen war und wir die allzeit dankbaren Kinder. Unsre Welt sah anders aus. Unser Presseausschuß gab am Nachmittag eine Erklärung raus, daß wir unsern Kampf um die Hütte fortsetzen.

Franz, unser Herzog und Provinzfürst, hatte sich scheints in Frankfurt von den Folgen unsrer Trauerdemonstration am letzten Freitag einigermaßen erholt, hatte in einem Interview Ausführungsbestimmungen zum Enteignungsparagraphen der hessischen Verfassung gefordert. Verbittert, schrieb die Frankfurter Rundschau, habe er auf den Paragraphen 39 unsrer Verfassung verwiesen und gesagt: »Gerade solche Fälle, die in katastrophaler Deutlichkeit zeigen, daß die Interessenlage der Arbeitnehmer ignoriert wird, sollten dazu führen, daß eine Überführung des Eigentums in Gemeineigentum möglich ist und eine gesetzgeberische Lücke geschlossen werden müßte.« Wir haben das benutzt in unsrer Presseerklärung, weils ein logisches Argument war, aber ich konnte mir nicht vorstellen, daß das mehr als ein Propagandadreh vom Franz war, für die Öffentlichkeit. Die SPD hätte sich gehütet, so was in den Landtag zu bringen, jetzt vor den Wahlen. Und überhaupt.

Wie die Einschätzung unsrer regierenden Genossen war, kriegten die Jusos bei einer Veranstaltung in Frankfurt zu hören. Sie nahmen den Wirtschaftsminister in die Mangel, warum das Land Hessen nicht der Schöngut-Belegschaft mit einem Kredit helfen würde, um die Arbeitsplätze zu erhalten. Rudi Arndt hat sich mit den Banken rausgeredet, die das absichern müßten, aber nicht wollten, weil die Hütte total abgewirtschaftet sei. Er könnte doch nicht die Pleiten der Unternehmer sozialisieren. Ja, hat er gesagt, wenn mir heute einer anbieten würde, die Farbwerke Hoechst in Arbeiterselbstverwaltung zu übernehmen! Dann wär er gleich dabei.

Auf unsre Gewerkschaftsbank setzten wir da schon größere Hoffnungen. Wozu hat unsre Organisation sich eine solche Einrichtung geschaffen, wenn sie nicht in Fällen wie unsrem helfen sollte? Selbst der Franz kriegte das nicht rund, warum die Bank für Gemeinwirtschaft nicht einfach in ihren Milliardentopf greifen und eine halbe Million für uns ausspucken konnte. Oder wollte. Walter Hesselbach war nicht grundsätzlich dagegen, aber, Hannemann geh du voran, erst sollte die IG Chemie mit ihrem Hauptvorstand sich ganz offiziell engagieren und das Land Hessen eine Kreditbürgschaft geben. So ein Tauziehen war das, schon seit Monaten.

Die Bundesanstalt für Arbeit mischte noch mit und ein halbes Dutzend andre Wirtschaftseinrichtungen, von denen uns nicht mal unsre Studenten genau sagen konnten, was die eigentlich für Aufgaben hatten. Geld war da – wie Glasscherben in der Hütte, bloß nicht für uns. Ich schätze, daß sie alle Angst hatten, weil das ein politisches Experiment war. Dieser verdammte kapitalistische Systemzwang, den sich keiner zu durchbrechen traute. Günter Wallraff, der am Freitag von Köln kam, sagte, im Grunde lägs eben doch an uns, wir müßten durch unsre Entschlossenheit die andern in Zugzwang bringen. Und damit hatte er wohl recht.

Weil alles sich an die bestehenden Gesetze hielt und wir sie nicht ändern konnten, mußten wir den Eigentümer der Hütte zwingen, freiwillig das Feld zu räumen. Damit die Bahn frei wurde.

Wir operierten zweigleisig. Bereiteten die Besetzung vor, übrigens ohne den Bezirksvorstand und Franz Vater davon zu informieren, und schickten noch mal Werner Schpoks an die Front. Als er, angemeldet, in Schönguts Wohnung kam, stieß er nicht nur auf einen verbissenen Unternehmer, sondern auch auf eine fauchende Unternehmers-Gattin. Sie sprang Werner gleich voll ins Gesicht:

»Wir wissen, worum es geht! Alles, was hier geschieht, steht drei Tage später drüben in der Zeitung! Wir haben den Russen kennengelernt. Die ganze Kampagne ist ferngesteuert!«

Und Schöngut schlug in dieselbe Kerbe: »Ich habe einmal alles verloren in Schlesien und mit nichts in der Hand diesen Betrieb hier hingestellt – einen sozialen Musterbetrieb –, und da laß ich mich nicht noch einmal mit Schimpf und Schande davonjagen. Ich weiß, wer ich bin! Ich weiche nicht der Gewalt!«

Aber Kollege Schpoks hatte seine Weichmacher dabei. Er zog sich Schönguts Jacke an, der Fuchs: »Das ist doch grade der Punkt –«, hat er gesagt, »Sie sind wirklich als sozial eingestellter Unternehmer bekannt. Wird man Sie da noch achten, wenn es heißt, Richard Schöngut hat seine Glashütte lieber kaputt gehen lassen, hat lieber die Arbeiter, die ihm zwanzig Jahre treu gedient haben, in die Arbeitslosigkeit gebracht, als mit ihnen gemeinsam den Betrieb zu retten?«

»Wieso gemeinsam?« wollte Schöngut natürlich gleich wissen. Und da gab der Werner seinem Affen Zucker, er hat uns nachher eine richtige Sondervorstellung von der Szene gegeben: »Ja sind die Arbeiter plötzlich alle Unmenschen geworden? Diese Männer und Frauen, die bei Ihnen erst gelernt haben, was ein gutes Glas, eine schöne Form, ein lebendiges Handwerk ist? Die wissen ganz genau, wofür der Name Schöngut in der Welt einsteht! Und das wollen Ihre Arbeiter erhalten – nicht zerstören. Wer diesen ehrlichen Namen, ich möchte sagen: skrupellos! aus der Welt schaffen will, nämlich als Konkurrenz, das sind die Leute, die Ihnen den Konkurs anraten.«

Margot Schöngut war fast am Weinen, sie würde sich schon nicht mehr in die Stadt trauen zum Einkaufen, man würde sie beide ansehen wie die letzten Menschen; aber Werner blieb jetzt an der Sache, es wärn diese großen Hoffnungen, die ihr Mann durch sein Versprechen erst geweckt hätte, das Vertrauen, daß ein Mann wie Schöngut ehrlich bleiben würde. »Wir wissen, daß Sie keiner von den Hartgesottenen sind, die sich erst ein weiches Polster in der Schweiz schaffen und dann ihre Arbeiter im Stich lassen! Sie haben für das Glas gelebt – Sie sind ein Künstler. Und das wollen die Kollegen Ihnen erhalten, mit der Leibrente, der Wohnung, hier unten die Glasmalerei, da können Sie weiter schöpferisch tätig sein, Kirchenfenster malen – Sie hätten einen ruhigen Lebensabend, Herr Schöngut, als geachteter Mann –«

Das Ende dieser Arie auf den Wohltäter von Isenhausen war, daß er sich noch das Wochenende zum Überlegen ausbat, am Montag wollte er sich entscheiden. Endgültig. Das paßte zu unsrer Planung. Es war Freitag.

Das Wochenende vor dem Sturm

Als Werner Schpoks noch oben seine Predigt hielt, rief Klaus Brender den Herbert und mich in sein Büro, zeigte uns, was die Geschäftspost gebracht hatte: das Rundschreiben der Glasunternehmer über die Absicht Schönguts, weiterzumachen. Herbert fiel die Kinnlade runter, als er die Sache mit der Abwerbung las, das raubte ihm seine letzten Illusionen über den Kapitalisten als Freund und Partner. Klaus Brender, jetzt mehr Kollege als Geschäftsführer, machte uns eine Kopie von dem Brief für die Gewerkschaft, eh er ihn seinem Schwiegervater raufschickte.

Nach der Mittagspause, weiß der Teufel, wie sich das in seinem Kopf zusammenreimte, führte Schöngut einen von diesen Glasindustriellen durch die Hütte. Wer sollte da noch glauben, daß aus der Bedenkfrist etwas Christliches herauskommen könnte? Wir drehten uns alle um, zeigten ihnen die Hintern, damit klar war, was wir für sie übrig hatten.

Gerd schrie: »Vierzig geräucherte Glasmacherschinken zu verkaufen!«

Ich hatte richtig Herzklopfen vor Wut, schrie auch: »Was will der eigentlich noch in unsrer Hütte!« Ton auf ›unsrer‹.

Der Alte, der sich nicht vor seinem Spezi blamieren wollte: »Herr Bolku, ich verbitte mir Ihre Frechheiten!«

Schalli: »Herr Schöngut verbittet sich unsre Frechheiten! Herr Schöngut findet uns nicht gut!«

Und der, immer tiefer mit dem Stock ins Wespennest: »Noch gehört die Hütte mir! Ich bin der Komplementär, wenn Sie wissen, was das ist. Ich hafte für alles, was in der Hütte geschieht. Auch für das, was Sie hier schlecht und recht machen.«

Jetzt ging die Hölle los. Gerd schrie: »Bravo! Herr Schöngut haftet für alles, was wir schlecht machen! Beifall für Papa Schöngut!«

Er fing an, mit seiner Pfeife auf die Bühne zu trommeln, wir alle mit, die Keier knallten die Formen auf und zu oder schlugen an irgendein Metall, wer konnte, pfiff auf den Fingern. Das Gesicht von dem Glasboß hätte man fotografieren müssen! Fluchtartig war der aus der Hütte, und keine Viertelstunde später sah der Pförtner seinen Mercedes von hinten.

Das Wochenende war hektisch. Wir kriegten jetzt haufenweise Solidaritätstelegramme, das stärkte uns den Rücken. In der Kasseler Verwaltungsstelle kamen wir alle zusammen, auch Wallraff und der Happel von PANORAMA dabei, IG-Chemie-Vertrauensleute aus andern hessischen Glasbetrieben. Wir bereiteten die große Flugblattaktion für die wichtigsten Kasseler Betriebe vor.

Wallraff ging als Herr Wallmann vom Industriekurier zum Alten, hörte noch mal die Version von der verfolgten Unschuld, was uns natürlich direkt nichts einbrachte, außer nachher eine saftige Reportage in »konkret«.

Am Sonntag versammelte Schöngut, klammheimlich, den ganzen Familienclan bei sich, die zwei Söhne, die Tochter, den Schwiegersohn. Die Kinder, erzählte Klaus Brender, wollten auf eine Erbschaft verzichten, die aus nichts als Schulden und einer veralteten Hütte bestand, aber Werner Schpoks holte sich Montag früh eine neue Absage und Vertröstung auf abends. Unsre Geduld war am Ende.

Einige Kollegen nahmen sich frei, fuhren in die Triburger Hütte, sich vorstellen. Wollten sich rückversichern. Wir, Betriebsrat und Vertrauenskörper, verfaßten ein Ultimatum: »Zur Abwendung des wirtschaftlichen Ruins der Hütte fordern wir Sie hiermit ultimativ auf, der Belegschaft bis Dienstag, 17. März, mittags 12 Uhr, zu erklären, ob die Hütte nunmehr in Arbeitnehmerhände überführt werden kann.«

Auf einfachem kariertem Rechenpapier stand das, Kaschinski-Herbert und ich zogen damit von Arbeitsplatz zu Arbeitsplatz. Und alle die wir erreichen konnten, unterschrieben. Selbst die alten Kollegen in der Schleiferei, die noch mit Schöngut in Schlesien gearbeitet hatten. Manche schreckten erst vor dem Wort ultimativ zurück, so hart wollten sie ihren Richard doch nicht angepackt wissen, aber als sie sahen, daß gleich unter Herberts und meiner Unterschrift die vom Geschäftsführer stand, zogen sie doch mit. 150 verkrakelte Namen, irgendwo zwischen Schleifstein, Sprengmaschine und Glutloch hingeschrieben, legten wir Schöngut auf seinen polierten Schreibtisch, und da gabs für ihn kein Vertun mehr, daß er allein im Regen stand.

17 Uhr, immer noch Montag. Sportlerklause. Vertrauensleutesitzung, öffentlich. Alle Räume gerammelt voll. Zwei Fernsehteams dazwischen, die Kameras auf den Tischen. Kollegen von andern Verwaltungsstellen. Wallraff.

Schöngut hatte eine Erklärung für fünf Uhr angekündigt. Fiebrige Erwartung. Die Viertelstunden vergingen, die Luft war eine hochexplosive Mischung von Bierdampf und Zigarettenqualm. Dem Kollegen Schpoks ging der Redestoff aus. Er verlas die Protesterklärung der IG Chemie auf das Unternehmer-Rundschreiben. Alles nichts Neues mehr, starke Worte auf geduldigem Papier. Und immer noch nichts von Schöngut.

Ich erklärte noch mal den Aktionsplan für morgen und die nächste Woche: Ab 14 Uhr holen die Kollegen die Frauen und Kinder, die Presse, das Fernsehn, die Transparente in den Betrieb, die Vertrauensleute legen die Binden »Arbeiterschutz« an, alle Männer bleiben nachts in der Hütte, Frauen bringen das Essen, die Produktion wird weitergeführt, Arbeiterausschüsse übernehmen die Kontrolle. Unterstützungsbitten an alle Vertrauensleute in den Glashütten. Große Protestversammlung mit Podiumsgespräch am Donnerstag in der Turnhalle. Delegationen zu den SPD-Parteitagen am Samstag. So weit erst mal.

Da ein Anruf vom Pförtner: Brender ist unterwegs! Herbert verlas zur Überbrückung noch ein Solidaritätstelegramm, aber keiner hörte mehr hin, die Fernsehleute richteten ihre Lampen auf die Eingangstür oder besser: auf die Kollegen, die sich da drängelten und kaum ihr Bier an die Zähne bekamen.

Plötzlich Bewegung, Geschiebe, Brender ist da! Wir sahen von unserm Tisch erst nichts als einen Bogen Papier über den Köpfen. Werner Schpoks donnerte: »Laßt doch den Kollegen Brender durch, Jungs!« Dann sahen wir ihn, verschlossene Miene, alle Köpfe und Kameras folgten ihm und dem Bogen Papier in seiner Hand, war das die Kriegserklärung?

Schalli haute ihn an: »Schieß los, Kläuschen – ja oder nein?« Aber er bloß: »Moment, Moment –«, arbeitete sich bis an unsern Tisch, nickte uns zu und sagte, die Hand über die Augen, halblaut: »Sehen tu ich ja nichts bei dieser Festbeleuchtung –«, geräuspert, Stille, ich hörte plötzlich das Surren der beiden Kameras, und er: »Kolleginnen und Kollegen. Ich komme grade von Richard Schöngut. Er hat mir diese von ihm unterschriebene Erklärung übergeben. Ich darf sie euch jetzt verlesen.« Spannungspause. »An die Belegschaft der Firma Richard Schöngut Glashütte. Unter der Voraussetzung der Anerkennung der von mir in dem Gespräch am 2.3.1970 bei meinen Rechtsanwälten in Gegenwart der Herren Franz Vater, Klaus Brender und Herbert Kaschinski gestellten Bedingungen erkläre ich mich bereit, die Glashütte Richard Schöngut mit allen Rechten und Pflichten meiner Belegschaft zu übergeben. Diese Bedingungen –«

Mein Gott, der Jubel! Da platzte der Streß von Wochen! Es war nicht zu fassen. Das war der Sieg! Der Sieg! Ich hab den Werner Schpoks umarmt, neben mir lachte selbst der ewig griesgrämige Herbert, Kollegen stiegen auf die Stühle und auf die Tische, Gerd schrie: »Hoooch lebe Papa Schöngut!« und goß sich vom ausgestreckten Arm das Bier in den Mund und übers Gesicht, Elli Pitsch fing an zu singen »Hoch soll er leben«, alle grölten und schrien – dreimal Hoch! Uwe brüllte dazwischen: »Sie! Sie! Die Hütte!« und noch mal der Triumphgesang: Hoch soll sie leben, hoch soll sie leben, dreimal Hoch!

Wer hätte das noch geglaubt. Zehn Tage, nachdem wir unsre Hoffnung in einem Sarg zu Grab getragen hatten. Jetzt solch ein Frühling nach dem ganzen Schnee!

Und nur Klaus Brender stand in dem Tumult wie der Polizist auf einer Kreuzung im Berufsverkehr, sah aus, als könnte er das verständnisvolle Lächeln nicht ganz verhindern, sagte zum Werner: »Gibts denn hier kein Mikrophon? Ich bin doch noch nicht fertig –«, so daß Werner den Versammlungsredner, den kampferprobten, rausholte, »Kollegen!« brüllte, »Kollegen! Haltet noch mal die Luft an! Wir haben noch nicht zu Ende gehört!« und so Brender wieder Gehör verschaffte.

Der, jetzt lachend: »Da hat die Gewerkschaft gesprochen. Ich muß, also Kollegen, ich muß euch doch noch die Bedingungen verlesen, nicht wahr? Das gehört dazu, obwohl sie ja einigen schon bekannt sind –«

Uwe Kegler: »Bedingungen? Auch noch Bedingungen?«

Brender wurde den geschäftsführenden Schwiegersohn nicht ganz los, dozierte: »Selbstverständlich, Herr Kegler, jede Übereinkunft hat zwei Seiten. Auch diese. Richard Schönguts Bedingungen sind, ich lese jetzt weiter, erstens: totale Übernahme aller Schulden und Entlastung von jeglicher Haftung. Zweitens: Freistellung von allen Bürgschaften und Freigabe aller Pfänder. Drittens: Übernahme der bereits zugesprochenen Renten aus der Pensionseinrichtung der Firma. Viertens: Freistellung der Kommanditisten von der übernommenen Bürgschaft. Fünftens: Altersversorgung für mich und meine Frau in Höhe von 2000 Mark monatlich. Sechstens: Wohnrecht in jetziger Wohnung und Beibehaltung der jetzigen Mercedes. Siebtens: Gewinnbeteilung von dem Zeitpunkt ab, zu dem Gewinne an die Belegschaft zur Auszahlung –«

»Achtens: Ein garantiertes Plätzchen im Himmel! Falls die Belegschaft zuerst oben ist!« Auch Brender lachte, parierte schlagfertig: »Na, Sie bestimmt nicht, Herr Rehburg!«, und Loni Schindel, die am nächsten Tisch saß: »Der Gerd kommt in die Hölle – der braucht n heißen Ofen.« Aber den meisten Kollegen war das Lachen sauer geworden.

»Also achtens, bin gleich fertig: Ausklammerung der Glaskunstwerkstätten von dieser Vereinbarung. Neuntens: Übernahme sämtlicher Kosten und Steuern, die im Zusammenhang mit der Übertragung entstehen, und zehntens und letztens: Einstellung aller gegen mich und oder den Verein der Glasindustrie gerichteten Aktionen, soweit dies technisch möglich ist. Tja Kollegen. Das wärs. Ich glaube, jetzt kann ich auch ein Bier vertragen.«

Wir hatten seit Monaten mit Schöngut über diese Bedingungen verhandelt, die Hauptpunkte waren den Kollegen bekannt, aber wie die Kröte jetzt nackt und häßlich auf dem Tisch saß, und wir mußten sie schlucken – das ging an die Nieren. Franz Vater hatte damals gesagt, als wir zum erstenmal mit der Belegschaft über die Idee Genossenschaftshütte sprachen: Der Weg ist lang, steinig und hart. Jetzt waren wir zwar oben, auf dem Berg, aber wir merkten in dem Augenblick, daß die Luft da verdammt dünn ist. Und daß wir uns sozusagen ohne alle Ausrüstung in dieser Luft bewegen mußten.

Egal. Das Wichtigste war jetzt doch der Sieg. Kurz vor sieben schon kam die Nachricht durch die Hessenschau. Wir klatschten den Kollegen vom Fernsehen Beifall. Bald standen die Leute auch draußen vor der Sportlerklause, die Angestellten aus der Buchhaltung, die alten Schleifer und Packer, Familienangehörige, Nachbarn, diskutierten in Gruppen, wollten Genaues wissen, zogen in die andern Gaststätten Isenhausens. Und wir beschlossen, aus der Betriebsbesetzung eine feierliche Betriebsübergabe zu machen.

Am Morgen standen wir auf der Bühne, arbeiteten normal. Was heißt normal! Zum erstenmal seit, ich glaube, seit Jahren sangen die Glasbläser wieder bei der Arbeit! Kasseler Vertrauensleute verteilten vor VW, Henschel und Glanzstoff die zehntausend gedruckten Flugblätter, das hatten wir nicht abgeblasen, und dann um drei spannten wir über dem Pförtnerhaus das große Transparent »Genossenschaftshütte« auf und hißten am Mast die schwarzrotgoldne Fahne. Ja die. Eine Rote gabs hier nicht. Nicht in den Köpfen und nicht in den Gewerkschaftsbüros. Auf dem Hof sammelten sich Hunderte, Jusos, Gewerkschafter, Vertrauensleute, eine ganze Delegation von Henschel, unsre Frauen, Kinder, Presseleute. Diesmal war sogar meine Frau mitgekommen.

Wir schalteten den Springbrunnen ein, zum erstenmal für uns. Zwei Kofferradios spielten. Eben hatten die Hoberle-Zwillinge auf ihren Posaunen einen Weckruf geblasen, da drehte Lotte Schindel den Heintje auf, daß es über den ganzen Hof schallte. Pitsch-Elli versuchte, mit dem Gerd zu tanzen, sie blieb nicht die einzige.

Die Henschel-Kollegen empfingen wir mit einem Kasten Bier, als sie unter ihrem Transparent vom Bahnhof rüberkamen, der alte Dohleck-Karl erzählte dem UZ-Reporter, wie man, seiner Meinung nach, als Arbeiter einen Betrieb übernimmt: »Du mußt so denken, wie der Baum gewachsen ist. Du mußt ihn anschaun. Wie die Sprengmeister. Die legen dir den Schornstein direkt neben die Halle. Wenn wir mit dem Kopf durch die Wand gegangen wären, dann hätten wir heute Schädelbrüche. Aber keine Hütte.« Dazwischen unsre 15 Kollegen mit der Arbeiterschutz-Binde, immer wieder gefilmt und fotografiert.

Später behaupteten die Unternehmer, das sei eine »lupenreine sozialistische Machtergreifung« gewesen, und die Gewerkschaft hätte hier den Klassenkampf geprobt.

Andre kamen an diesem Tag, erzählten uns: Ihr habt hier die Revolution gemacht. Ihr habt das Wirtschaftssystem erschüttert.

Wir hatten nur unsre Arbeitsplätze retten wollen. Aber gefühlt haben doch die meisten, daß wir eine Sache geschafft hatten, die fast einmalig war. Und so naiv war keiner, nicht zu ahnen, welche Gegner wir damit gestochen hatten.

Auf der Arbeitsbühne des mittleren Ofens richteten wir dann ein Podium her. Hängten darüber unser Transparent »Genossenschaftshütte«. Die Fernsehleute bauten ihre Mikrophone auf. Um halb fünf kamen drei schwarze Anzüge: Schöngut, Brender und Kaschinski-Herbert.

Totenstill wärs in der Hütte gewesen, wie Schöngut zum Podium unter unser Transparent ging, hätten nicht die Flammen in den beiden Schmelzöfen wie immer gerauscht. Seine Stimme paßte zu seiner Situation, ergriffen bis wehmütig: »Meine lieben Mitarbeiter. Mit dem heutigen Tage übergebe ich mein Werk mit allen Rechten und Pflichten meiner Belegschaft. Ich übergebe nicht nur mein Werk, sondern auch einen weltweit bekannten Namen. Machen Sie ihm Ehre! In meinem schlesischen Werk stand ein Wandspruch: Wir müssen alle schlechte Arbeit hassen lernen wie die Sünde. Und noch ein andres Goethewort, es war eingeschliffen in dem großen Rundfenster meines Arbeitsraumes: Wir schaffen am sausenden Webstuhl der Zeit und wirken der Gottheit lebendiges Kleid.«

Helmut stieß mich an: »Wir sind immer noch seine Mitarbeiter!« Ich: »Das lernt der in diesem Leben nicht mehr anders.« Elli Pitsch, von der andern Seite: »Pst«, mit einem bösen Blick.

»Als ich hier begann, waren viele von Ihnen noch Kinder. Es ist mir rückerinnernd eine Freude zu erkennen, was alles geschaffen werden konnte. Bei meinem 25. Betriebsjubiläum 1949 legten wir den Grundstein für das erste Wohnhaus. Wir sangen dabei. Unsre Kinder, die mit blumenumwundenen Sommerstöcken, einem schlesischen Brauch, zur Grundsteinlegung gezogen waren, fuhren dann auf einem Wagen zum Kinderfest. Auf dem Wagen war ein Plakat, auf dem zu lesen war: Nun singen sie wieder, die Flüchtlingskinder, die Glashüttenkinder.«

Gerd, respektlos wie immer: »Jetzt kommen mir gleich die Tränen.« Schöngut muß es gehört haben, er ging einen Ton höher: »Inzwischen sind aus den Kindern Glasmacher und Meister geworden und Mitarbeiterinnen in Büro und Werk. Sie tragen das Werk, sie dienen ihm. Ich gebe diese meine geliebte Glashütte in die Hände meiner Mitarbeiter. Diese Hütte möge Schöngutglas arbeiten, im alten guten Geist und mit einem neuen Geist. Sie, meine Mitarbeiter, mögen Freude daran haben, nicht nur Mitarbeiter, sondern auch Mitbesitzer zu sein. Ich grüße Sie und wünsche Ihnen allen Glück auf! Aber ich sage ebenfalls mit einem schlesischen Grußwort: In Gottes Namen.«

Den letzten Satz hat er ohne Manuskript gesprochen. Ein Pastor hätts nicht besser machen können. Gerds Rosi sagte, sie würde er nicht zum Weinen bringen, nach allem, und der Huber-Pepi meinte böse, jetzt wärn wir Bosse von Schönguts Gnaden, er hätt uns allergnädigst den Ritterschlag gegeben. Aber viele Kollegen hatten feuchte Augen. Glasleute sind ein sentimentales Volk, wenns ums Glas und ihre Hütte geht.

Die Siegestimmung war erst mal verwässert, nach diesem Seelenappell. Der Betriebsratsvorsitzende machte den Dank kurz und sprach von den Aufgaben der Zukunft. Was fehlte, war eine Rede, die uns einen klaren Blick auf die nächsten Etappen unsres Kampfes um Selbstbestimmung gegeben hätte, Franz Vater oder Werner Schpoks hätten das vielleicht gekonnt. Vielleicht. Die meisten von uns hatten den Wunsch: arbeiten, Glas machen – und endlich Ruhe im Betrieb! Keine Politik.

Das war eine Rechnung ohne die Verhältnisse. Wir waren Hüttenbesitzer, ja. Das Werkzeug gehörte uns. Das Werkzeug von gestern. Und die Schulden von gestern. Und die Köpfe waren auch nicht alle plötzlich neu. Erst recht nicht das Land, in dem wir leben.

Es war mehr Vergangenheit als Zukunft in der ganzen Sache. Es begann eine jahrelange mühsame Gegenwart.

Sie fing an mit einer langen schönen Frühlingsnacht ...

Die Brücke über den Rhein

Noch keine Woche war es her, da hatten sie in den Kaiserstuhl-Dörfern den Bleialarm gegeben, wie es geplant war, hatten die Sasbacher Brücke passiert, an die hundert Wagen, die französischen Grenzer hatten nicht viel zu sagen gehabt, trotz der Transparente an den Traktoren und PKWs. Drüben in Marckolsheim dann das Hupkonzert im Dorf, das Signal zum Sammeln, da waren dreihundert Leute am Bauplatz gewesen, dreihundert gegen dreißig Bauarbeiter. Die hatten eine schnelle Vernunft gezeigt vor den gewaltlosen, massenhaften Worten, das war die Besetzung gewesen. Gut hatte bis jetzt auch die tägliche Ablösung der Platzwachen funktioniert, es waren mehr Leute aus den Dörfern gekommen, als sie erwartet hatten, und alles hatte festlichen Charakter gehabt, die Spätsommersonne, der Wein, die Freude, die tätige Verbrüderung der Badener mit den Elsässern. Seit zwei Tagen regnete es nun wieder, wie gewöhnlich in diesem Jahr 74. Nicht kalt im September, aber das machte die Fröhlichkeit schwierig und ging an die Nerven.

Nerven. Man merkte, daß man sie hatte. Balz lag im Bett, konnte nicht schlafen. Sie hatten die Grenze überschritten. Die Grenze nach Frankreich, das hieß nicht viel. Die Grenze zum Widerstand. Vom Protest zum Widerstand. Die Grenze zwischen Gesetz und Recht. Sie hatten genug gewarnt, hatten zu Hause gesagt, auf Flugblättern geschrieben, den Funkleuten und Reportern ins Mikrophon angekündigt: Wir werden nicht dulden, daß unser Recht verletzt wird, wir werden verantwortlich handeln und die Zukunft unsrer Kinder verteidigen. Es war nicht geglaubt worden. Nun war der Bauplatz besetzt, waren Zelte aufgeschlagen, die Zaunpfähle lagen am Boden. Die Polizei hatte sich nicht sehen lassen. Noch nicht. Es sah nach einem Sieg der Bürgerinitiativen aus. Aber die Nerven warnten vor überstürzter Freude. Die Franzosen sind nicht anders als unsre, da ist kein Vertun. Es ist ein Überraschungserfolg, jeden Tag kann die Bereitschaftspolizei CRS anrücken, dann wird es erst ernst. Vielleicht morgen.

Balz schaltete die Nachttischlampe ein, suchte die Mücke, ihr

Sirren war verschluckt von dem Rascheln des Bettes. Er legte seine Hand auf Cilias Arm, unsanft.

Du, morgen kommt der Jarrot!

Cilia zog den Arm weg, drehte sich zum Fenster.

Der Jarrot, der Umweltminister von Paris!

Schlaf endlich.

Nach Marckolsheim kommt er, auf den Platz. Mit dem Hubschrauber.

Sagts halt, daß wirs nicht zulassen tun, daß gebaut wird.

Die Franzosen wollen die Grenze zumachen! Für alle Kaiserstühler.

Cilia setzte sich hoch, blinzelte ins Licht: Wer sagts?

Vorhin hat einer angerufen, aus Straßburg. Sie wollen verhindern, daß wir auf den Platz kommen.

Und, was habt ihr beschlossen?

Es weiß noch keiner. Nur die Rosa. Und ein paar vom Dorf.

Meinst, daß sie den Platz räumen lassen wolln, für den Minister?

Die werden sich stoßen, ich sags dir. Ich fahr gleich rüber am Morgen, die Elsässer warnen, daß die alle Dörfer mobilisieren.

Die kennen dich gleich an der Grenze, du.

Balz grinste: Rosa fährt mich, mit ihrem Wagen. Ich komm durch.

Er stellte den Wecker auf fünf, machte das Licht aus. Als sie ruhig lagen, sirrte die Mücke wieder. Die werden sich stoßen, sagte er und drehte sich in die Kissen.

Es war eine müde Dämmerung, als Balz sich die Treppe runtertastete. Cilia hatte geschimpft, weil er Mona aufgeweckt hatte beim Anziehen, die knatschte jetzt erst mal, also den Schnuller holen, aber wo lag der, hier war ja nichts mehr zu finden, seit Wochen hatte er kaum Zeit gehabt für den Hof, und seit die Besetzung lief, war Kriegszustand in der »Fischerinsel«, täglich fünfzig und hundert Gäste, die nicht nur tranken, sondern auch essen wollten. Cilia allein mit den beiden Großmüttern und einer Hilfe in der Küche, das ging keinen Abend unter Mitternacht ab, und oft stellten sie noch um zwei den Wecker auf sechs. Da blieb der Hof einfach liegen.

Also Rosa wecken, sie war gleich am Telefon, verkratzte Stimme, wollte sich räuspern, kriegte einen Hustenanfall, daß Balz den Hörer vom Ohr nehmen mußte, warten, schon ungeduldig: Also – kommst? Rosa brachte es knapp unter: Bin gleich drüben.

Die Nummer vom Gipper wußte er auswendig, ließ sich nicht einschüchtern, legte nicht auf. Endlich die Stimme, abweisend: Gipper.

Ich bins, Balthasar. Ich hab gestern abend einen Anruf gekriegt, daß sie uns hindern wollen, rüberzugehen auf den Platz, an der Sasbacher Brücke. Ich fahr jetzt gleich rüber, um sechs. Zieh dich an, komm mit!

Wer will uns hindern?

Die Franzosen. Alle Wagen aus dem Landkreis.

Das gibts gar nicht!

Wenn ichs dir sag. Los komm. Wir müssen was organisieren, daß sie eins drauf kriegen. Wenn sie uns nicht rüber lassen, sperren wir die Brücke.

Gipper schrie los. Du bist verrückt Balz! Wir sind nicht im Bürgerkrieg! Das gibt einen Grenzkonflikt, wenn ihr das macht, da holen die den Bundesgrenzschutz, ist dir das klar?

Gipper – willst du die Elsässer alleinlassen auf dem Platz?

Die räumen den Platz nicht ab, wenn der Minister kommt, sag ich dir!

Das stimmt, heute nicht. Aber morgen! Die wollen ihm zeigen, wie wenig die paar Marckolsheimer sind, daß man die wegpusten kann ohne uns. Dann spuckt da in einem halben Jahr der Schornstein Blei.

Leg dich schlafen, Balz! Die Regierung verhandelt doch schon mit den Franzosen, daß das Bleiwerk nicht kommt.

Balthasars Geduld war verbraucht. Gipper, schrie er wütend, wir haben dich nicht gewählt zum Vorsitzenden der Bürgerinitiative, damit daß du schläfst! Ruf den Landrat an, die Presse, die Abgeordneten, den Funk! Mach was los! Himmelkreuzverdammich!

Schrei nicht so, Vatter, sagte Rosa, das bringt nichts.

Sie stand da, Trainingsanzug, Stiefel, Regenhut, noch käsiger als sonst im Gesicht. Müde bis an die Knochen.

Balz haute den Hörer auf die Gabel. Der Dubel, der denkt nur an seine Mühle, aber der soll mich kennenlernen! Das kommt auf den Tisch in der nächsten Sitzung!

Kannst du nichts machen, sagte Rosa trocken. Weil du ihn brauchst. Willst einen Kaffee?

Balz schnitt sich in der Küche ein Stück Wurst runter, legte mit dem Brotmesser eine Scheibe harte Butter aufs Brot, aß zweihändig, im Stehn. Rosa trank nur den Pulverkaffee. Sie nahmen Rosas

850er, den kannten sie nicht an der Grenze wie Balthasars Wagen, der täglich zum Bauplatz gefahren war, oft mehrfach, und hatte die Meinung CWM – NON unübersehbar auf die Motorhaube geklebt, ein Lob auf das wetterbeständige Kommunikationsmittel DC-fix: CWM – NON. Nein zum Bleiwerk der Chemischen Werke München in Marckolsheim!

Balz fluchte, als er sich in den engen Wagen quetschen mußte, das war nicht das Maß für seinen Leib, es nieselte wieder aus niedrigen Wolken, das Licht dieses 26. September 1974 mühte sich immer noch durchzukommen, der Fiat schluckte und ruckte, bis Balz den Schock halb zog, wenn Weiber schon Auto fahren!

Sie nahmen die Landstraße, fuhren mehrfach über den dicken, naßschimmernden Schlachtruf, quer über den Asphalt geschrieben: KKW – NEIN. In Wyhl rührte sich noch kaum etwas. Dann auf Sasbach, zwei Trecker schon auf dem Weg ins Feld. Balz wurde unruhig, mach Rosa, fahr zu! Vor sechs ist sowieso geschlossen, sagte sie und fuhr nicht schneller. Die Kirchturmuhr zeigte Punkt sechs, vor ihnen zwei PKWs mit Emmendinger Zeichen, Grenzgänger offensichtlich mit dem gleichen Ziel, da hängte sich Rosa hinter auf der kurvigen kurzen Strecke durch die Rheinaue, gleichzeitig kamen die Wagen zum deutschen Zollhaus. Der Schlagbaum war hoch und die Ampel an der Auffahrt grün, daß sie gleich durchfahren konnten, 20 km/h im Grenzbereich. Langsam rollten sie über die weithin hallenden Bohlen der einspurigen Pontonbrücke, die die Franzosen über den Restrhein geschlagen hatten, unbemerkt konnte sich hier kein Fahrzeug dem Kontrollposten nähern. Balz schlug den Kragen seines Regenmantels hoch, richtete sich auf, daß man sein Gesicht unter dem niedrigen Wagendach nicht sehen konnte.

Der französische Zollposten war doppelt besetzt, ein großer ziviler Peugeot stand an der Seite neben einem Polizeifahrzeug. Sie sahen, daß die Ausweise gefordert wurden, sonst blieben deutsche Wagen bei der Einreise unkontrolliert, aber die beiden vor ihnen kamen schnell durch. Rosa sagte Guten Morgen, zeigte ihre weißen Mädchenzähne, der Beamte grinste zurück, legte die Hand kurz an die steife Mütze. Morgen, Mademoiselle, ein Elsässer also, nahm die Ausweise, gab sie gleich zurück: Und wohin so früh? Der andre Posten ging langsam um den Wagen, bückte sich aber nicht, um reinzusehn, blieb hinter dem Wagen stehn. Nur schnell auf Muggenheim, was holen vom Onkel, sagte Rosa. Allez, passez! Nochmal der Tip an die Mütze, das Grinsen hin und zurück, die Hand verschwand unter dem Umhang, Rosa gab Gas, wenn das alles ist? Ist noch nicht Abend, sagte Balz. Fahr gleich zum Treutz.

Das Haus von Treutz lag mit einigen anderen auf der langgestreckten Insel, die hier vom schiffbaren Rheinseitenkanal und dem Restrhein gebildet worden war, gleich hinter dem Zoll. Rosa rollte die paar Meter hinüber, hielt vor der Gartentür, der Zöllner sah ihnen nach. Der Peugeot, sagte Balz, eh er reinging, war von der Polizei, Straßburger Nummer. Hatte Sprechfunk drin.

Rosa blieb im Wagen, zündete die dritte Zigarette dieses Morgens an, beobachtete im Rückspiegel, wie zwei Männer in den Peugeot stiegen, starteten. Langsam fuhren sie an ihr vorbei.

Balz blieb keine fünf Minuten.

Los, zum Platz!

Rosa sagte dem Vater, daß der Wagen mit zwei Mann in Zivil vorbeigefahren war.

Ist jetzt egal, der Treutz hängt schon am Telefon, trommelt Leute zusammen. Fahr zu.

Es waren nur ein paar hundert Meter über die Insel, an den Schleusen und dem Staustufen-Kraftwerk der Electricité de France vorbei bis zum elsässischen Ufer. Und da, an der Abzweigung der Landstraßen nach Colmar und Straßburg, stand wieder der dunkelblaue Peugeot. Es gab keinen andern Weg zum Platz.

Wird ein heißer Tag, sagte Balz grimmig, die kennen sich aus.

Das kurze Stück der asphaltierten Feldstraße bis zum Baugelände folgte ihnen der Polizeiwagen nicht.

Sie sahen, daß in den Zelten noch alles ruhig war. Nur die zwei Mann Platzwache stocherten in den Resten des Lagerfeuers herum. Rosa hielt auf der Straße, das Feld war aufgeweicht, zerfahren von den Traktoren, sie gingen hinüber, vorbei an dem großen Schild: Kein Blei in Marckolsheim – kein Atom in Wyhl.

Balz sparte sich die Begrüßung: Was gibts? Schlaft ihr noch? Auf! Heut kommt der Sicurani mit der CRS!

Er ging von Zelt zu Zelt, steckte den bärtigen Kopf in den Mief, schlug die Zeltplanen hoch, erstickte das Schimpfen mit seinem ›Sicurani kommt‹, das keinen Widerspruch zuließ, allmählich stiegen und krochen an die zwanzig junge Männer und Mädchen raus, gammelig, die Haare verzottelt, in Jeans, Pullovern, Trainingsanzügen, fluchten elsässisch, französisch, badisch, aber waren dann gleich mobil, als Balz ihnen erklärte, daß nicht nur der Jarrot kam, das war bekannt, sondern der Straßburger Präfekt die Grenze schließen wollte und die badischen Besetzer nicht rüber könnten zur Verstärkung. Da wär wohl die Bereitschaftspolizei nicht weit. Also los, ab in die Dörfer, die Leute zusammengeholt! Daß der Platz voll wird. Alles was Beine hat, muß raus!

Als sie zur Zollstation zurückkamen, standen auf der andern Seite des Kontrollhäuschens schon die PKWs und die mit Transparenten behängten Anderthalbtonner der Bürgerinitiativen, sechs Fahrzeuge mindestens, vornan Mildbrods Lautsprecherwagen, standen bis kurz vor der Brücke, die war noch frei. Etwa dreißig Leute, aus Forchheim und Weisweil, die Vorhut der heutigen Platzwache, in Gummistiefeln, Regenmänteln, in Cordhosen und Joppen, redeten gestenreich auf einen der Franzosen ein.

Bei den französischen Zöllnern waren jetzt Polizisten. Balthasar mußte aussteigen, sie nahmen die Pässe mit in die Wache, hießen Rosa an die Seite fahren und warten, es war grade halb acht.

Balz ging zu den andern. Die wunderten sich, daß er schon vom Platz kam, waren in großer Aufregung, weil die Franzosen sie nicht durchließen.

Seid ihr alle, die sechs Wagen, fragte Balz, wo sind die andern?

Die sind umgekehrt, warten drüben, am deutschen Zoll.

Also, sagte Balz, fahrt zurück, wartet auf mich, heut wirds heiß, ich habs schon heute nacht gewußt, daß sie die Grenze sperren wegen dem Jarrot, daß wir nicht mit ihm reden können, weil sie Angst haben vor unserm Recht. Stellt euch an die Brückenauffahrt.

Er ging zurück zu den beiden französischen Zöllnern, Rosa sprach mit ihnen, noch lächelnd, aber Röte im Gesicht, das gelbe Haar flog herum. Die Pässe waren noch nicht zurück.

Balz wartete nicht auf Erklärungen:

Fangt ihr jetzt an mit dem Spießrutenlaufen, wie? Solltet euch mit uns solidarisieren, ihr seid die ersten, die das Blei vom Herrn Rosenthal schlucken! Vierzig Kilo pro Tag kommen da aus dem Schornstein, kann doch niemand nicht zusehn, der bei Sinnen ist!

Der Elsässer versuchte zu lachen, er könnte das verstehn, wär selber in Wittisheim zu Haus, keine zwanzig Kilometer, aber wenn das von Straßburg käm – und bot Rosa eine Zigarette an. Der andre blieb eisig. Spürbare Nervosität. Der Polizist kam zurück aus dem

Wachhaus, zusammen mit einem in Zivil, den hatte Rosa vorhin in dem blauen Peugeot gesehn, kein Zweifel.

Vous devez rester, Monsieur. Madame peut passer.

Der Polizist gab Rosa ihren Paß, der Zivilist zeigte ihr, daß sie einsteigen, abfahren solle. Sie nahm den Paß, sah ihren Vater an.

Was ist los, wo ist mein Paß?

Der Elsässer ließ sich von dem Zivilen zunicken, übersetzte Balz, daß er festgenommen sei. Balz brauchte keine Denkpause.

Was liegt gegen mich vor? Wo ist der Haftbefehl?

Der Zivile fragte Qu'est-ce que c'est? ließ den Zöllner übersetzen, gab seine Erläuterung. Der erklärte Balz, daß er mitzugehn habe, sei vorläufig festgenommen, wahrscheinlich nur bis zur Klärung seines Falls. Er solle die Sache nicht komplizieren, jetzt mit in die Wache gehn.

Balz' Faust schnellte vor, packte den Umhang des Zöllners, er schrie: Vorbeugehaft, wie? Fangt ihr so wieder an?

Rosa: Vatter! Hör auf! auch geschrien, aber Balz hatte sofort wieder losgelassen, der Zöllner schreckte einen Schritt zurück. Der uniformierte Polizist und der Zivile schienen Balz fassen zu wollen, blieben aber stehn, betroffen von den wilden Augen des Fischers, die aussahen, als sprängen sie gleich aus den Lidern, waren beirrt von der entschlossenen Kraft, die der kurze breite Körper des Mannes plötzlich ausdrückte.

Rosa, fahr rüber, sag, daß die Franzosen mich verhaftet haben.

Balz ging zum Wachhaus, ohne auf die Polizisten zu warten. Die hinterher, daß Rosa ein Lachen unterdrücken mußte. Scharf fuhr sie los, ohne ein Wort. Die Wagen der Bürgerinitiativen hatten schon gedreht und waren drüben, laut hupend übertönte sie das Bollern der Brückenbohlen.

Am badischen Ufer war ein gewaltiger Stau von Wagen und Menschen, die Brückenanfahrt war verkeilt, sie stieg aus, registrierte den Touristenbus, der in den Wagen steckte, die Endinger Landpolizei war da, ein Kombi vom Südwestfunk ziemlich vorn, auf dem Dach filmte einer, der mit dem Tonbandgerät hielt das Mikrophon steil in die Luft, Gipper oder wer hatte also doch schon was unternommen, sonst könnten die noch nicht hier sein. Es waren vor allem Männer und einige Frauen aus Sasbach, die Bauern aus Forchheim und Weisweil mit den jungen Arbeitslosen, dazwischen Studenten vom Arbeitskreis Umweltschutz aus Freiburg und

Fremde, Touristen, die: verärgert, beunruhigt, ratlos. Aufgeregte, empörte Diskussionen überall. Vorn berichteten die Männer, die von drüben zurückgekommen waren.

Rosa wurde bestürmt: Wo ist der Balz?

Verhaftet! Die Franzosen haben ihn verhaftet!

Einen Augenblick Stille bei den Nächststehenden, dann sprang ein junger Mann auf die Kühlerhaube des Fiat, schries über die Köpfe:

Leute! Leute! Der Franzose hat den Balz verhaftet! Den Balthasar Ehret!

Einer aus der Menge rief zurück:

Rausholen!

Es gab wilde Zurufe und Ratschläge. Keiner von den gewählten Sprechern der Bürgerinitiativen war da. Auch kein Handlautsprecher, mit dem sich eine Meinung hätte herausklären können. Aber immer mehr Wagen kamen, mit Pendlern, mit Touristen, mit den telefonisch alarmierten Bauern und Winzern aus den Kaiserstuhldörfern. Und immer mehr Frauen, die ihre Morgenarbeit beendet, die Kinder zur Schule geschickt hatten. Der Platz, zu dem die Straße sich zwischen den Felsen des Limbergs und dem Rheinarm auftat, war mit Fahrzeugen und Menschen verstellt, der Grenzübergang auf der badischen Seite gesperrt, ohne Entschluß dazu, durch die bloße Anwesenheit der Empörung, die sich von den wenigen Landpolizisten nicht auflösen ließ. Mit Mühe kam Rosas kleiner Wagen durch sich öffnende Lücken, sie mußte zurück in die Fischerinsel nach Weisweil, für Mona sorgen und sagen, daß der Vater verhaftet war. Es war jetzt halb neun. In Sasbach kamen ihr zwei grüne Mannschaftswagen entgegen.

Balz forderte in der Wache sofort, daß nach Straßburg zur Präfektur telefoniert würde. Er sei gewählter Sprecher der Weisweiler Bürgerinitiative, die Kaiserstühler Bürgerinitiativen würden seine Verhaftung genauso wenig wie die elsässischen hinnehmen, diese Provokation, man würde auch die Landesregierung mobilisieren wegen dieses Willküraktes gegen einen unbescholtenen Bundesbürger. Überhaupt sei diese einmalige, völlig unangemeldete Sperrung der Grenze eine Herausforderung, ein schwerer Schlag gegen die deutsch-französische Verständigung.

Balthasar ließ sich nicht zwischenreden.

Sagen Sie dem Monsieur Sicurani, daß er so die badisch-elsässischen Bürgerinitiativen nicht auseinanderbringt. Im Gegenteil. Wir müssen hier leben, nicht Sie! Unser Kampf um unsre Umwelt hat die Grenzen niedergerissen. Auch die Schweizer Bürgerinitiativen stehn an unsrer Seite, weil, und das merken Sie sich, der Rhein gehört uns allen – nicht der französischen Regierung und nicht den deutschen Konzernen. Was ihr hier macht, das sagen Sie dem Herrn Sicurani gleich dabei, uns hindert das nicht, auf den Bauplatz zu kommen. Und wenn wir mit unsern Fischerkähnen einzeln übersetzen über den Rhein, da haben wir genug Erfahrung aus dem Krieg, da haben wir eure Flugblätter von der Résistance rübergeholt gegen den Hitler!

Den beiden Zivilen von der Politischen Polizei stand die Wut auf den zusammengekniffenen Lippen, allein der Tonfall der unverstandenen Worte, die herausfordernd-selbstbewußte Haltung des Mannes, den sie als Angeklagten wollten, machte ihre Hände zittern. Aber der Polizeioffizier, auch ein Elsässer, griff schneller ein, wollte beruhigen: Herr Ehret, die französische Polizei hat eine notwendige Vorsichtsmaßnahme getroffen, zum Schutz von Privateigentum, sonst nichts. Wir kennen ja ihre ehrlichen Absichten, wir halten Sie nicht für einen Verbrecher –

Was Sie tun, darum gehts! schlug Balz sofort zurück, zu keinem Kompromiß bereit. Wir haben unsre Erfahrungen mit der Polizei, euch Burschen trau ich auf keine hundert Meter!

Die andern Polizisten sahen alle auf den Offizier. Dessen Augen waren schmal geworden.

Bitte gehn Sie jetzt in diesen Raum. Wir telefonieren noch einmal mit Straßburg.

Ist das eine Verhaftung oder nicht?

Der Offizier, einen Augenblick zögernd:

Sie haben zu warten, bis Ihre Sache geklärt ist.

Punkt. Balz wollte den Bogen nicht überspannen. Er hörte, wie sie telefonierten, erregt zum Teil, auch untereinander diskutierten, aber er verstand das Französisch nicht. Aus dem Fenster konnte er auf die Straße sehn, grinste zufrieden in seinen Bart, rieb mit einer schnellen, unreflektierten Bewegung die Hände aneinander, hätte gern jemand erzählt, daß da draußen jetzt der Rückstau der Wagen sich immer mehr ins Französische hinein verlängerte und die Nervosität der Beamten unter den sich vermehrenden, verschärfenden Fragen und Protesten der Autofahrer stieg.

Nach zwanzig Minuten holten sie ihn wieder in die Wache,

schnell, schien Balz, der noch mit seinem Vergnügen beschäftigt war. Der Offizier erklärte ihm, und die Zivilen waren nicht mehr im Raum, daß er ausgewiesen würde.

Das heißt, Sie können nach Hause gehen, aber wenn Sie wieder französischen Boden betreten, müssen Sie mit Verhaftung rechnen.

Rausschmeißen wollt ihr mich? Ohne Grund?

Gefährdung der öffentlichen Sicherheit.

Wir sehn uns wieder, Müsjö! Ich bin kein Verbrecher!

Sagte Balz. Drehte sich um, ging hinaus, ließ die Tür offen stehn. Als werde er nicht lange ausbleiben.

Auf der Brücke sah er die Kette von Männern, die standen, nicht eingehakt, Hände in den Taschen, locker nebeneinander, aber eindeutig quer über die Fahrbahn. Das war es, was er sich gedacht hatte.

Begrüßung. Lachen. Haben sie dich laufen lassen! Geh mal rüber zum Landrat, der kocht. Weiß schon, daß sie dich verhaftet haben.

In einem Haufen Männer und Frauen stand Landrat Lothar Mayberg, ganz Feldherr, der die Lage an der Front sondiert. Sein Generalstab: zwei Angestellte des Emmendinger Landratsamts und der Sasbacher Bürgermeister Forster, beratend dabei. Auch Hans Schütte war da, auffallend in seinem gut geschnittenen grünen Landmannsanzug zwischen der vielen Arbeitskleidung, den Stockschirm am angewinkelten Arm.

Hans Schütte, Apotheker in Endingen, noch junger Besitzer eines einträglichen Weinbergs, hatte großes Renommee bei den Bürgerinitiativen, seit er sich mit an die Spitze der Protestanten gegen das geplante Atomkraftwerk Wyhl gesetzt hatte. Schütte hatte studiert, konnte formulieren und verhandeln. Er war geborener Kaiserstühler, konnte also auch mit jedem in der Kaiserstühler Mundart reden. Und er war durch seinen Weinbau unmittelbar materiell von den befürchteten Auswirkungen des Atommeilers bedroht.

Das können wir uns nicht bieten lassen!

Kriegserklärung ist das!

Mit dem Jarrot sprechen wollten wir, als friedliche Leute!

Von allen Seiten prasselte die Erregung auf die Offiziellen ein.

Mal Ruhe, Leute! So gehts doch auch nicht. Ich muß zuerst klarsehen. Seit wann ist die Grenze zu? Mit welcher Begründung?

Seit acht. Seit halb acht. Überhaupt keine Begründung!

Balz drängte sich durch den Kreis.

Was ist? Wo kommst du her? Bist du nicht verhaftet?

Was soll sein, sagte Balz, die Franzosen spielen verrückt, Herr Landrat, und Balz sagte das laut für alle, die Franzosen haben mich des Landes verwiesen!

Empörung: Der Reporter vom Südwestfunk steckte Balz das Mikrophon fast in den Bart: Sagen Sie noch mal – was ist passiert?

Ich bin heute morgen um sechs auf den besetzten Bauplatz in Marckolsheim gefahren, in friedlicher Absicht. Bei der Rückfahrt hat man mich verhaftet und mich dann des Landes verwiesen. Ohne Begründung.

Herr Landrat Dr. Mayberg, was sagen Sie zu diesem Vorfall? Was werden Sie unternehmen? Kann eine deutsche Behörde das hinnehmen?

Es wurde plötzlich still, so schien es, obwohl nur die Nächststehenden auf eine Antwort warteten.

Der Landrat überblickte die Runde, sah dann in die fordernden Augen des Reporters: Keinesfalls werden wir! Dieser Vorgang ist ohne Beispiel! Und mit etwas zurückgenommener Stimme: Aber ehe wir an weitere Schritte denken, werde ich jetzt mit Herrn Bürgermeister Forster nach Marckolsheim fahren und auf der Mairie eine Erläuterung verlangen.

Und wieder zu seinem Publikum, herausfordernd: Da wollen wir doch mal sehn, was uns die Herren zu sagen haben!

Bravo! Das ist die Sprache! Auf den Tisch hauen! Ein paar Beifallsklatscher.

Inzwischen bitte ich die Bürgerinitiativen, sich nicht durch unbedachte Schritte selbst ins Unrecht zu setzen. Herr Dr. Schütte, ich appelliere da auch an Sie als Sprecher der Bürgerinitiativen. Ich verspreche Ihnen, daß wir Sie sofort informieren.

Aber die Brücke bleibt besetzt!

Das war Balz. Und die Rufe sprangen wieder hin und her:

Den Riegel verstärken! Niemand mehr durchlassen! Begleitschutz für den Landrat! Warum nicht auch Breisach zumachen? Traktoren auf die Brücke! Über Breisach auf den Platz! Der Landrat muß rüber!

Die Herren bestiegen ihren schwarzen Mercedes, wurden zur Auffahrt durchgelotst, 9 Uhr 30, gleich hinter ihnen stellten sich wieder die Männer auf, die von der Platzwache in Windjacken und Regenmänteln, die vom Feld gekommen waren in Overalls und den blauen Leinenjacken. Die wartenden Touristen schimpften im Hintergrund, trauten sich nicht bis an diese Frontlinie.

Aber die Grünen von der Landpolizei wurden jetzt aktiv, zehn, zwölf Mann waren inzwischen an der Brücke, der Oberkommissar dabei, offenbar vom Landrat herbeizitiert. Betulich redeten sie auf die Bürger ein, solange der Landrat verhandele wenigstens einige Wagen durchzulassen, nicht Unrecht gegen Unrecht zu setzen, sie müßten sonst daran denken, die Öffnung zu erzwingen, was man ihnen doch ersparen möchte, schließlich handele es sich um die eignen Nachbarn, die zur Arbeit ins Elsaß müßten. Auch Hans Schütte fand, daß den Franzosen ihr Unrecht nun eindeutig vor Augen geführt sei.

Ein Student aus Freiburg argumentierte dagegen, der Landrat würde gar nichts erreichen, wenn sie jetzt freiwillig die Brücke räumten, nur Druck könne etwas bewirken. Balz schlug vor, die Sperre aufzuheben, aber als erste müßten die Wagen der Bürgerinitiativen mit den Transparenten rüberfahren. Große Heiterkeit. Auch von den Polizisten konnten sich nicht alle das Grinsen verkneifen. Von weiter hinten dirigierten andere Polizisten zwei Touristen-PKWs durch die Menge, hinter jedem gingen die Menschen sofort wieder zusammen, es entstand keine Gasse. Der Kommissar wedelte die Männer der Kette zur Seite, widerstrebend ließen sie die Wagen durch, auf Tuchfühlung mit den Karosserien, verängstigte, starre, neugierige Gesichter im Innern, und mit dem zweiten Wagen drängten zwanzig, dreißig Leute, viele Frauen nach vorn, standen die Brückeneinfahrt mitsamt den Polizisten zu, ein menschlicher Pfropfen.

Auf dem Platz sprach die Polizei jetzt über einen Lautsprecherwagen, verlas einige Autonummern, erzeugte Stille, klar war die Aufforderung an die Fahrer zu hören, sich zu ihren Fahrzeugen zu begeben, den Aufforderungen der Polizei Folge zu leisten. Keine Veränderung, keine Bewegung. Mehrmals wurde die Aufforderung wiederholt, ausgeschmückt mit den Appellen an das Verantwortungsbewußtsein der Bürgerinitiativen, der öffentliche Fahrweg müsse freigehalten werden, andernfalls würden die Wagen abgeschleppt. Die späteren Aufforderungen, eher bittend als drohend vorgetragen, bewirkten schon keine Aufmerksamkeit, keine Stille mehr. Nur Flachsereien, die Fahrer seien Pinkeln, beim

Frühschoppen, wieder bei der Mutti, zu lange hätte man sie hier schon warten lassen.

Die Polizei war gelähmt durch den passiven Widerstand der Kaiserstühler. Und kaum einer dachte jetzt daran, daß sie mit den Autokennzeichen das Mittel für spätere Rache in den Einsatzheften hatte.

Zwei ortsfremde PKWs wurden noch in Zentimeterarbeit durchgeschleust, dann blieb der Reisebus aus Titisee endgültig zwischen zwei Wagen stecken, der Fahrer stellte den Motor ab, stieg aus und erklärte den entmutigten Polizisten, daß er sich nicht den Lack zerkratzen lassen werde. Der letzte Durchlaß war zu.

Sepp, der Königschaffhauser Winzer, stieg in den Bus, zog eine Flasche Spätburgunder seiner Winzergenossenschaft aus der Jakkentasche, reichte sie entkorkt den beiden älteren Damen in der ersten Reihe, bemühte sich, hochdeutsch zu sprechen: Ich habe leider keinen Pokal dabei, aber probieren Sie mal – nicht gleich runterschlucken! Schmecken Sie die Blume von diesem Gewächs? Das produzieren wir hier. Nun schauen Sie aus dem Fenster – auf diesem Limberg, da wo die Bäume aufhören, da wächst so etwas Herrliches. Nicht in Italien, nicht in Afrika – in unserer Heimat! Geben Sie ruhig weiter, jeder einen Probeschluck. Der ganze Kaiserstuhl ist voll davon. Das wollen sie uns jetzt mit Bleistaub und Radioaktivität vergiften, die hohen Herren mit dem dicken Geld! Unsre Existenz zerstören! Drüben in Marckolsheim durch das Bleiwerk, hier in Wyhl mit einem Atomkraftwerk. Mitten in der Rheinaue. Gehen Sie da mal spazieren! Die ist nämlich einmalig in ganz Baden und Süddeutschland, dieser Oberrhein, was da gesungen und geschnattert wird von hundert Sorten Vögeln. Und das Wasser, die Quellen, wir sagen: der Altrhein – das können Sie so trinken, aus der Hand!

Sepp sah die immer noch abwehrenden, skeptischen Blicke, keiner schien Lust auf Altrheinwasser zu haben, er schaute nach draußen, nach Unterstützung, umsonst, kratzte sich hörbar die borstigen Haarstoppeln.

Wenn Sies nicht glauben, ist ja auch kaum zu glauben, dann hol ich Ihnen einen von uns, der ist Fischer, der erzählt Ihnen einen Roman! In Sasbach, da wo Sie eben durchgefahren sind, da sehn Sie noch, wie schön hier früher die Dörfer mal waren, mit dem Fachwerk und den Blumen an jedem Fenster. Wir haben immer den Kopf hingehalten, wenn die oben Krieg machen wollten, hier an der

Grenze, wir waren die ersten, die bezahlt haben. Die meisten Dörfer sind zerstört gewesen. Jetzt ist wieder Krieg am Kaiserstuhl! Aber nicht Deutsche gegen Franzosen. Wir haben ja dieselbe Sprache. Elsässer und Badener, wir wissen, daß wir keine Feinde sind, sondern die sitzen ganz woanders. Deshalb verteidigen wir unsre Heimat und sagen: Lieber heute aktiv als morgen radioaktiv!

Sepp hatte immer wieder die beiden älteren Damen angesehn bei seiner Rede, als ob er sie ganz besonders überzeugen müßte. Sie klatschten ein bißchen, zaghaft, die eine sah sich um, ob die andern mitmachten, aber es ging nur ein allgemeines Gerede los, da lächelten sie verlegen zu Sepp und hörten wieder auf.

Plötzlich von hinten eine starke Männerstimme: Ihr könnt uns viel erzählen! Wie soll ich das glauben, wenn die Flasche leer ist! Und der Dicke, der nun sichtbar wurde, hielt die Rotweinflasche umgekehrt in die Höhe.

Kein Tropfen mehr – alles ausgesoffen von unsern Damen!

Da brach das Eis. Die Leute klatschten, verlangten nach mehr Wein.

Sepp konnte auch lachen, und seine erst zaghafte, fast schüchterne Stimme zeigte sich nun im vollen Umfang: Meine Herrschaften, rief er über den Lärm, meine Herrschaften – die beiden Cafés sind geöffnet. Die Sonne kommt auch raus – nutzen Sie die Gelegenheit zu einem unvergeßlichen Frühschoppen! Und sprechen Sie mit den Leuten draußen, wenn Sie mehr wissen wollen.

Auf gehts, schrie der Dicke entzückt – ob in Colmar oder am Rhein, Hauptsache was zum Gurgeln!

Einer fing an zu singen: Warum ist es am Rhein so schön, und Sepp wurde von den aufbrechenden Damen aus dem Bus gespült. Er hatte Mühe, nicht gleich untergehakt und mitgeschleppt zu werden, konnte sich nur durch das Versprechen befreien, gleich zu einem Viertele rüberzukommen in das Café.

An der Brücke hatte sich die Lage noch verschärft. Um den Franzosen ihren amtlichen Pflichteifer zu beweisen, hatten andre Polizisten einige Wagen aus Frankreich auf die Brücke gewinkt, die standen nun vor dem Menschenhaufen, konnten nicht vor und kaum zurück, die Fahrer ließen ihre Ungeduld an den Hupen aus, machten damit aber nur den Polizisten ihre Hilflosigkeit noch deutlicher. Wütend liefen einige an der Wagenkette entlang, brachten das Hupkonzert zum Schweigen, begleitet vom Gelächter der Leute am Ufer. Gleichzeitig verlangte der Polizeilautsprecher inständig nach dem Fahrer des Busses aus Titisee, bis der schließlich gemächlich vom Rheinufer heranschlenderte, sich zur Fahrertür durchdrängte und auf seinen Sitz kletterte. Von der andern Seite stieg der Polizeidirektor ein, redete sichtlich heftig auf den starr in die französische Ferne blickenden Fahrer ein, eine unhörbare Pantomime zum Vergnügen der Draußenstehenden, die damit endete, daß der Fahrer verächtlich abwinkte, den Motor anließ und plötzlich das Signalhorn betätigte. Da sprang der Ärger, mit dem Schreck, nach draußen, die nächsten wichen zurück. Fäuste wurden hinaufgeschüttelt, ein Kind weinte, ein junger Man schlug seitlich an die Karosserie, wurde sofort von andern zurückgerissen, hinter dem Bus drängte eine Kette von Polizisten die Menschen auseinander, der Polizeidirektor war zum Heckfenster gegangen und dirigierte den Busfahrer mit ungeduldigen Gesten meterweise rückwärts in Richtung des Cafés.

Balz hatte nach Hause telefoniert, seine Freilassung gemeldet. Als er zur Brücke kam, bugsierte die Polizei grade die ersten französischen Wagen ans badische Ufer, Buhrufe und Proteste begleiteten die Aktion, die erst aufhörten, als auch der schwarze Dienst-Mercedes des Landratsamtes in der Reihe erschien. Landrat Mayberg stieg kopfschüttelnd aus dem Fond, die Männer und Frauen bestürmten ihn, aber er sagte nur: Nichts. Ziemlich leise.

Wie nichts? Was heißt das?

Lothar Mayberg hob beide Arme hoch, ließ sie herunterfallen: Nichts. Niemand weiß was. Und zuckte wenig staatsmännisch die Achseln.

Ja, und? Das gibts doch nicht! Spielen die Franzosen mit Ihnen Blindekuh? Verarschen tun die uns!

Der Funkreporter und der von der Badischen drängten sich an ihn, wollten Erklärungen, glücklos.

Dann gehn wir jetzt alle zu Fuß rüber und diskutieren mit ihnen! schrie Balz über die Köpfe. Das gab Feuer, Bewegung.

Einen Augenblick, Leute! schrie nun auch Bürgermeister Forster, und leise zum Landrat: Sie müssen etwas sagen. Das gerät sonst außer Kontrolle. Hier auf dem Platz sind mindestens dreihundert Kaiserstühler!

Lothar Mayberg sah ihn einen Augenblick an, dann über die Menge, entschloß sich, laut: Wo ist der Polizeilautsprecher?

Ein Grüner wollte ihm eine Gasse freidrängen, da reichte ihm ein andrer schon das Handmegaphon, er trat in den Einstieg des

Wagens, hielt sich etwas mühsam an der Tür fest, stürzte fast, als die Tür nachgab, wurde gestützt von seinem Adjutanten, bremste mit seinem Liebe Mitbürgerinnen und Bürger! grade noch die Richtung Brücke in Bewegung geratende Menge.

Ich muß Ihnen zu meinem Bedauern mitteilen, daß weder der Marckolsheimer Bürgermeister noch die französische Gendarmerie mir Auskunft über die Grenzschließung geben konnten. Am Grenzzoll wurde uns erklärt, daß die Sperre von der Präfektur in Straßburg direkt angeordnet wurde, zum Schutz des Eigentums der Bauplatzbesitzer. Wir haben gegen diese einmalige Diskriminierung der Bürger unseres Landkreises Protest erhoben. Man hat uns geantwortet, die Europabrücke in Breisach sei offen. Ich werde jetzt sofort den Regierungspräsidenten in Freiburg und Herrn Ministerpräsident Filbinger unterrichten. Alles weitere muß von dort aus veranlaßt werden. Ich kann Ihnen jetzt nur versichern: Ich bin empört! Aber Sie sehen – ich zügle mich. Und ich warne auch Sie noch einmal vor vielleicht verständlichen, aber voreiligen Schritten. Mit einer Eskalation ist niemand gedient!

Seine Stimme hatte ihm wieder Mut zugesprochen, er winkte den Leuten zu, obwohl niemand geklatscht hatte, gab dem Polizisten das Megaphon und fuhr ohne weitere Anordnungen an den ihm etwas verdutzt nachsehenden Polizeikommissar mit seiner Mannschaft ab.

Ratlosigkeit bei den Bürgerinitiativen.

Schütte meinte, nachdem nun ihr Protest sogar vom Fernsehn aufgenommen sei und die Behörden aktiv würden, müßte die Sache in die richtige Richtung laufen, und sie könnten wieder an die Arbeit gehen. Wer unbedingt auf den Bauplatz wolle, könne ja über Breisach fahren.

Einer gab ihm recht: Wenn der Filbinger in Straßburg anruft und Dampf macht, dann müssen die Franzosen nachgeben. Ich wette, morgen ist die Brücke wieder offen!

Mißtrauische Blicke, Unwillen. Aber der das gesagt hatte, war kein Spitzel.

Höchstens uns macht der Filbi Dampf, Rudi, der Sicurani ist sein Spezi! Mann, geh schlafen mit deiner CDU. Wer auf Filbinger vertraut, der hat auf reinen Sand gebaut!

Balz schoß der Gedanke ins Hirn, daß der Landrat die Breisacher Brücke nur erwähnt hatte, um die Leute auseinanderzubringen. Und Schütte war darauf reingefallen. Oder hatte selbst Angst, daß die Sache hier zu gefährlich würde. Gegensteuern! dachte er, und laut: Wenn wir jetzt zurückstecken, machen die Franzosen mit uns, was sie wollen!

Der kleine Matthias aus Freiburg mit der stechend spitzen Nase und der Nickelbrille, Medizinstudent, der so intellektuell aussah, daß man sich fragte, wie er bei den Dörflern überhaupt ein Bein auf die Erde und Worte in die Köpfe brachte, schlug hinhaltende Nadelstiche vor: Wir stelln uns vor die Brücke, das kann uns keiner verbieten. Dann lassen wir uns ruhig von der Polizei auf die Seite drängen und sind gleich wieder da. Auf die Weise kommen nur ganz wenige rüber.

Das ist dasselbe wie ein bißchen schwanger sein! schrie einer sofort.

Nein, das ist passiver Widerstand. Wir wollen keine Gewalt!

Wenn wir hier aufgeben, haben wir alles verloren!

Jeder Wagen, der rüberkommt, ist ein Stein für das Bleiwerk!

Immer mit dem Kopf durch die Wand!

Wenn wir uns auf die Brücke setzen, ist das gewaltlos. Sollen sie uns wegtragen!

Wieder argumentierte in der Traube an der Brückenrampe jeder mit jedem. Nur die Frauen hielten sich zurück.

Der sanfte Elektromeister Mildbrod aus Sasbach schlug vor, über seinen Lautsprecherwagen zu diskutieren, damit alle was von hätten. Wie bei jeder größeren Sache der Bürgerinitiativen war er auch an diesem Morgen mit seinem Opel Caravan gekommen, aufs Dach drei Lautsprecher montiert, damit sie sich in Marckolsheim dem Umweltminister verständlich machen konnten. Er war, wie immer, im grauen Arbeitskittel, nämlich um zu zeigen, daß er vor allem geschäftlich dabei sei. Seine Rechnungen für das Ausleihen der Anlagen deckten weniger seine Kosten als ihn und sein Geschäft.

Ich kann mich auch so durchsetzen, sagte Balz, stellte sich auf den Prellstein vor dem eisernen Brückengeländer: Was wollen wir denn? Wollen wir auf den Platz zu unsern Freunden im Elsaß oder nicht? Also. Der Landrat hat gesagt, Breisach ist offen.

In dem Augenblick drängte sich ein Sasbacher Bauer durch: Die Polizei leitet seit einer halben Stunde den ganzen Verkehr in Sasbach nach Breisach um! Wir haben das Schild umgedreht, aber vorhin der Landrat hats wieder nach Breisach stellen lassen. Jetzt steht ein Polizist dabei – wir können nichts mehr machen.

Frau Wieseli lachte laut: Da diskutiert ihr, ob ihr den Hahn zudrehen wollt, dabei ist die Leitung längst trocken!

Das gab den Ausschlag.

Nach Breisach! Alles hin! Auf den Bauplatz!

Balz zu Mildbrod und Sepp: Kommt, jetzt können wir deinen Lautsprecher brauchen.

Sie gingen zu Mildbrods Wagen, der seitlich direkt am Berg geparkt war. Mildbrod stellte die Anlage ein, die ersten Wagen wurden schon angelassen und begannen, sich aus dem Gedränge zu lösen.

Schnell Balz – sonst läuft alles auseinander! Wir müssen zusammenbleiben!

Balz setzte sich neben Mildbrod, nahm das kleine Mikro, pustete hinein, Sepp nickte ihm von außen zu.

Hier spricht nicht die Polizei! Hier spricht die Bürgerinitiative! Wir fahren jetzt zur Europabrücke nach Breisach. Der französische Zoll hat dem Landrat gesagt, dort können wir die Grenze überschreiten. Wir nehmen sie beim Wort. Wir werden friedlich unser Recht demonstrieren, daß wir nach Marckolsheim fahren wollen. Laßt die Wagen mit den Transparenten an die Spitze. Zusammenbleiben müssen wir! Und auf der Brücke in Doppelreihe fahren. Also erst die Wagen der Bürgerinitiativen. Auf gehts!

Sepp zeigte Balz durchs Fenster, daß er auch noch was sagen wollte, Balz zögerte einen Augenblick, was denn noch? Gib schon! Reichte ihm das Mikrophon durch. Und Sepp: Es müssen noch welche hierbleiben! An der Brücke! Achtung! Achtung! Nicht alle mitfahren – nur ein Mann in jedem Wagen. Die andern müssen hierbleiben!

Er gab das Mikro zurück, stieg hinten ein, ließ die Tür offen, hielt sich am Bügel des Dachträgers fest, winkte die Wagen ein, wie Mildbrod den Opel langsam an die sich bildende Kolonne heransteuerte, sich hinter die Anderthalbtonner, den VW-Bus einordnete, während Balz die Aufforderung wiederholte, die Sasbacher Brücke nicht völlig aufzugeben.

Aus den Cafés am Berghang hatten die Durchsagen einen Teil der Touristen gelockt, einige winkten sogar, die beiden älteren Damen aus dem Bus erkannten Sepp, der noch immer halb aus dem Wagen hing, machten ihm Handzeichen, liefen auf ihn zu: Sie wollten doch mit uns trinken! die eine. Können wir jetzt weiter? die andre.

Stopp mal eben, sagte Sepp zu Mildbrod, tut mir leid, Sie sehn ja, ich bin im Dienst –

Und ich wollte von Ihnen noch wissen, was eine Biokette ist, was die Kellnerin gesagt hat und wußte es aber nicht genau –

Biokette? lachte Sepp, fragen Sie mal die andern an der Brücke, die wissen das auch.

Hach, die kenn ich doch nicht – ziemlich verzweifelt sah sie ihre Freundin an.

Die Laster vorn waren um die Kurve außer Sicht, hinter ihnen wurde mahnend gehupt.

Von denen beißt keiner, rief Balz an Mildbrod vorbei, und der steckte den Kopf aus dem Fenster: Biokette, ganz einfach – der Schornstein spuckt das Blei aus, oder die Radioaktivität, der Regen schlägts runter, die Kuh frißt das dann mit dem Gras, das Kind trinkts mit der Milch, und da sammelt es sich in den Knochen von dem Kind, und es wird krank.

Er tippte einen Gruß an die Stirn, gab Gas, Sepp rief Gute Reise! zog sich rein auf den Rücksitz, die drei Männer lachten, Sepp sah sich um, da winkten die beiden noch, und er winkte zurück. Himmel Arsch Granaten! Hat der Chancen bei den Weibern! flachste Balz. Mildbrod grinste in den Innenspiegel: Und noch in dem knusprigen Alter! Sepp zeigte ihm die Zähne.

Vielstimmig hupend fuhr die Kolonne durch Sasbach, Jechtingen und Burkheim, Balz nannte über die Lautsprecher das Fahrziel und forderte alle Bürger mit Autos auf, sich der Demonstration anzuschließen. Gegen zehn kamen etwa zweihundert Wagen in Breisach an.

In der Fischerinsel kam Rosa vom Telefon nicht mehr weg, aber sie konnte keine genaue Auskunft geben, wie die Dinge an der Brücke sich entwickelt hatten. Mit jedem neuen Anruf wurde sie nervöser, kam sich überflüssig vor, wie abbestellt. Sie fegte noch den Gastraum zu Ende, ließ die Gläser vom Abend ungespült auf der Theke stehn. Als Cilia sah, daß sie Mona anzog und wieder wegfahren wollte, gab es einen kurzen Familienkrach in der Küche, den Rosa dadurch abbrach, daß sie Mona schnappte, hinten in den 850er packte und losfuhr. Mitsamt einem schlechten Gewissen, weil sie ihre Mutter mit der Arbeit und dem Telefon allein ließ.

Mona hatte grade erst laufen gelernt, aber sie war schon unverkennbar die Tochter ihrer Mutter, mit ihrer Quirligkeit, dem gelben

Haarschopf und dieser direkten Art, auf Menschen ohne Scheu zuzugehn. So wie Rosa ein Ebenbild Cilias war, der gedrungene Körper, die freundlichen, lachbereiten Augen, die Unermüdlichkeit, nur eben gut fünfundzwanzig Jahre jünger, so erkannte man in Cilia ihre achtzigjährige Mutter wieder. Es gab so etwas wie eine häusliche Frauensolidarität in dieser matriarchalischen Dynastie, die ihre Kraft zog aus dem unabsehbaren Maß an Arbeit, das von den Frauen täglich, jahrlang, lebenslang im Haus, in der Gastwirtschaft, im Hof und in der Erntezeit auch noch auf dem Feld geleistet wurde.

Balthasars vorgeordnete Kommandogewalt wurde davon kaum angefochten, und auch das rauhe Selbstbewußtsein der Söhne machte vor den Anordnungen des Vaters halt.

Rosa konnte in der letzten Zeit kaum noch ohne Mona wegfahren. Die Streitereien mit Monas Vater, die erst vor kurzem damit vorläufig geendet hatten, daß Rosa ihn aus der Wohnung wies, hatten das Kind nervös und knatschig gemacht. Jetzt war Mona zufrieden, mit der Mutter durch die Gegend zu fahren, und nur als ihr Schnuller runterfiel, unter dem Vordersitz zwischen den Putzlappen und den Stadtschuhen verschwand und Rosa beim Fischen danach fast an einem Nußbaum landete, erschrocken rausplatzte Heiland nochmal! Was paßt du nicht auf auf das verdammte Ding! da gab es Tränen.

In Sasbach wollte der Polizist an dem Umleitungsschild sie abwinken Richtung Breisach: Hier kommen Sie nicht durch nach Frankreich!

Sie hielt nicht, fuhr langsam an ihm vorbei, winkte aus dem Fenster.

Passen Sie nur gut auf! lachte sie und war weg.

Dann der Schreck an der Brücke, der Augenblick Ungewißheit – waren die andern drüben? Hatten sie aufgegeben? Die paar Männer und drei Dutzend Frauen verloren sich auf der Brückenrampe. Von der französischen Seite rollte ein PKW über die Brücke, fuhr unangefochten durch. Balz war nicht zu sehn. Sie stieg aus, Mona wollte mit, kannst du nicht einen Augenblick drinbleiben! nahm sie auf den Arm, fand Frau Wieseli von der Weisweiler Bürgerinitiative, ja, unsre sind auf Breisach, wollen da rüber zum Platz, ein Haufen Autos! Der Balthasar ist mit.

Und hier?

Die Touristen haben sie durchgelassen.

Dann versuch ichs auch! Eh ich über Breisach fahr.

Hat keinen Zweck, unsre schicken sie zurück.

Ich versuchs trotzdem.

Na dann bis gleich, sagte Frau Wieseli.

Ja, bis später, gab Rosa zurück.

Die Rot- und Grünphasen der Ampel wechselten wieder regelmäßig. Während Rosa auf das Grün wartete, von der deutschen Polizei war nur noch ein Streifenwagen zu sehn, kamen zwei Männer an ihr Fenster, der eine in Nappajacke, der andre im graugrünen Lodenmantel. Einen Augenblick dachte sie: Geheime! wollte das Fenster hochdrehen, da erkannte sie die beiden Wyhler. Daß die auch mitmachen! freute sie sich.

Schau die rote Rosa, sagte der in der Lederjacke, die ist schon am Morgen heiß! Heut hat dein Alter eine verpaßt gekriegt, wie? Jetzt kann er in Frankreich keinen Rabatz mehr machen.

Und hier wird ihm auch noch das Handwerk gelegt, das kannst ihm bestellen, wenn er nicht aufhört mit Stänkern.

Rosa konnte den Haß in den Gesichtern der Männer nicht sehen, starr blickte sie auf die Ampel, das Blut schoß ihr ins Gesicht.

Was wollen die Onkels, Mama?

Bist still, Mona! sagte Rosa zwischen den Zähnen durch.

Komm rüber zum Zoll, wir sagen denen, was das für eine ist. Daß sie auch ausgewiesen wird.

Da das Grün! Rosa trat das Gas voll durch, ließ die Kupplung gehn, zu schnell – der Wagen machte einen Ruck, stand. Mona war zurückgefallen in den Sitz, fing an zu weinen.

Der eine lachte laut los, der andre: Angst hat die kleine Sau doch!

Rosa trat die Kupplung, zog den Starterhebel, gab vorsichtiger Gas, sagte zum Fenster, fast leise: Ich muß gleich kotzen, kuppelte behutsam, spürte den Tritt gegen die Karosserie, der von den Freunden auf der andern Seite nicht gesehn werden konnte, rollte auf die Brücke. Sie sah sich um, die Männer folgten ihr nicht.

Hast dir weh getan, Mona? Da, hast ein Guti.

Sie spürte ihr Herz klopfen. Jetzt bloß nicht zurück müssen!

Am französischen Zoll standen vier normale Zöllner in ihren blauen Umhängen, zwei in dem Glaskasten, zwei draußen. Die vom Morgen waren nicht dabei.

Sie steuerte den Jüngeren an, wollte ihn nett finden, lächelte ihm entgegen, schüttelte ihre Haare ums Gesicht, hielt neben ihm, legte die Hand mit dem geöffneten Paß auf die Fensterscheibe, damit er nicht sah, wie sie zitterte.

Der Zöllner konnte nicht wegsehn von ihren Augen, fragte, deutsch: Und? Wo gehts hin?

Rosa machte ihre Augen noch etwas größer und offener, mit leicht belegter Stimme und glaubte es fast selbst: zum Hausfreund.

Der junge Mann unter der Uniform, halb überrascht, halb amüsiert: Oh? Schon so früh am Tag?

Rosa hob gottergeben die Schultern.

Er beugte sich noch etwas näher zu ihr, ganz Geheimnisträger nun: Da muß die Liebe aber groß sein.

Rosa blickte schuldbewußt nach unten.

Und er, mit einem Seufzer, den Rosa lieb fand: Kann man nichts machen. Aber putzen Sie der Kleinen mal vorher die Nase, das macht sonst einen schlechten Eindruck.

Noch ein voller Blick, und weg war sie.

Gleich hinter dem Staudamm des Rheinseitenkanals fuhr Rosa auf den Schotterweg, hielt. Blieb sitzen, sah auf die Pappeln des Auwalds. Mona kletterte nach vorn.

Mama, was wollten die bösen Onkels?

Rosa strich ihr übers Haar. Sie merkte, daß ihre Hand immer noch zitterte. KKW-JAler, sagte sie. Böse Onkels.

Hast noch ein Guti, Mama?

Rosa holte ihr ein Bonbon aus dem Handschuhfach. Jetzt gehst wieder nach hinten. Wir fahren auf den Bauplatz, die Leut sind lieb.

Schon auf der Feldstraße zum Bauplatz konnte sie lachen. An die zwanzig Traktoren, Dutzende PKWs. Die Menschen nicht zu zählen. Aber keine deutschen Wagen. Sie nahm Mona an die Hand, fragte herum nach Treutz.

An einem Tisch zwischen den Zelten wurden von einem jungen Mann und zwei Mädchen in Parkern Wein und Bier verkauft. Auch der Tisch mit den Informationsschriften der Bürgerinitiativen war belagert, obwohl sichtlich kaum Ortsfremde auf dem Platz waren. Junge Arbeiter und Bauern waren dabei, einen Haufen Bretter und Balken in eine Blockhütte zu verwandeln. Eine dicke Bäuerin lotste zwei Burschen mit einem Thermosbehälter durch die Menge, balancierte selbst zwei Torten vor ihnen her: Attention! Attention les tartes! Voici le café qui arrive! Auf zwei ausgeklappten Tapeziertischen, Tischdecken darauf, wurden schon mehrere Kuchen von älteren Frauen mit weißen Schürzen aufgeschnitten, Pappbecher ausgepackt, und obwohl der Ausschank noch nicht begonnen hatte, kriegte Rosa für Mona ein Stück frischen Marmorkuchen gratis.

In einer Gruppe Männer neben dem Feuer fand sie Treutz, Léon Siegel dabei, der Marckolsheimer Tierarzt, Jean Jacques Rettig, der Sprecher der elsässischen Bürgerinitiativen. Die andern kannte sie nur vom Sehen aus der letzten Woche, seit der Platz besetzt war. Die Grenzsperre war das Hauptthema. Grade war einer von der Europa-Brücke gekommen, hatte berichtet, daß die Badener auch dort gestoppt worden waren. Unklar war, ob und wann der Umweltminister kommen würde. Einzelne Mannschaftswagen der französischen Einsatzpolizei waren in Mackenheim, in Artzenheim und Sundhouse gesehen worden, aber nicht in Marckolsheim. Rosa erfuhr, was sie auch sah: daß die elsässischen Dörfer schon am Morgen wirksam alarmiert worden waren. Die Sprecher hatten die Parole ausgegeben, daß jeder Umweltschützer einen Nachbarn zum Ersatz der badischen Platzbesetzer mitbringen sollte. Am Nachmittag würden noch mehr Menschen kommen, zu der angekündigten Kundgebung. Wenn Monsieur Jarrot nicht schon von der Geheimpolizei genügend Informationen bekommen hätte und auf seine Platzinspektion verzichtete, wäre für einen warmen Empfang gesorgt.

Die Elsässer gaben ihr den Auftrag, zur Europa-Brücke zu fahren und Balz über die Lage auf dem Platz zu berichten. Sie sollten auf alle Fälle die Brücke so lange wie möglich gesperrt halten. Rosa überlegte, ob sie den direkten Weg auf der elsässischen Seite nehmen sollte, entschloß sich aber für den Weg über Sasbach, um dort erst Bescheid zu sagen. Es war halb elf vorbei. Die Zeit für den Hausfreund konnte genügen.

Allerdings war Mona verschwunden, Rosa suchte am Feuer, am Kuchentisch, lief zum Fiat zurück, keine Mona! Viele hatten das kleine Mädchen mit dem Blondkopf gesehen – vorhin. Rosa hatte keine Angst um sie, aber sie war wütend, schimpfte wegen der nutzlos versuchten Zeit. Schließlich suchten drei, vier junge Leute mit ihr. Als sie zum zweitenmal an dem halbfertigen Blockhaus nachfragte, tippte eine junge Frau ihr auf die Schulter: Du, komm mal mit, führte sie in eins der Zelte. Und da saß Mona auf einer Luftmatratze, vor ihr auf dem Feldbett der Junge, sah nur auf seine Gitarre, spielte, sang, französisch, es war wohl ein Kinderlied, Mona hatte große Augen. Rosa konnte nicht schimpfen.

Die beiden Wyhler von der KKW-JA-Gruppe hatten sich verdrückt, befriedigt wohl, daß die Franzosen es den Uweltschützern gezeigt hatten. Die Nachricht von der Sperrung in Breisach konnte Rosa nicht als Neuigkeit an die Brücke bringen, der Südwestfunk hatte das eben in die Kofferradios gesendet, aber daß der Platz so gut von den Elsässern besetzt war, das war eine wichtige Information, die die Frauen und Männer aufmunterte. Schlechte Stimmung, seit in Sasbach der auswärtige Verkehr wieder durchgelassen wurde und auch bei den Franzosen passieren durfte, während Frau Wieseli und Frau Heils, die es nach Rosa versucht hatten, zurückgeschickt worden waren. Rosa schlug vor, zur Europa-Brücke zu fahren und Rat oder Verstärkung zu holen.

Frau Heils meinte, vielleicht könnten Pfarrer Richtig oder Gipper oder der Weisweiler Bürgermeister ihnen Leute schicken. Rosa kannte den Beamten im deutschen Zollhaus, sie machte es wichtig, und tatsächlich ließ er sie mit Müller Gipper telefonieren. Der aber zeigte noch immer keine Neigung, sich für die Sperrung stark zu machen, reizte mit seinen Vorwürfen und Warnungen Rosa, bis sie den Hörer dem Zöllner in die Hand drückte: Hier, ich glaube, der will Sie sprechen – und den Verdutzten stehn ließ. Sie diskutierte nicht mehr länger, fuhr los, auf Breisach, zu ihrem Vater.

An der Breisacher Auffahrt zur B 31 ließ die Polizei nur Wagen Richtung Freiburg einfahren. Beide Fahrbahnen nach Frankreich waren verstopft, auch auf der Freiburger Seite, so weit Rosa die Reihe entlang sehen konnte. Bis zur Brücke fast ein Kilometer! Das mit Mona zu Fuß? Sie sagte einem Polizisten, daß sie eine dringende Nachricht für die Bürgerinitiative hätte. Ob er so lange auf die Kleine aufpassen könne? Da ließ er sie fahren. Mit aufgeblendeten Scheinwerfern brauste sie auf der leeren Gegenfahrbahn an der Kolonne vorbei bis dicht vor die Zollhäuser.

Eine schwer überschaubare Menschenmenge auf allen vier Fahrbahnen. Erst ausgestiegen sah sie, daß die Franzosen Gitter quer über die Straße gestellt hatten. Die vordersten Wagen der Bürgerinitiative hatten auf die Gegenfahrbahn gewendet und standen dort, fahrerlos, so daß auch der Verkehr von Frankreich blockiert war. Jenseits eine ebenso unabsehbare Fahrzeugkolonne, Laster, Busse. Und ein Mannschaftswagen der Polizei, seitlich, unbeweglich gemacht durch das versammelte Blech.

Rosa, Mona auf dem Arm, kam in eine heikle Situation. Fünf Polizisten versuchten, in die Traube Frauen und Männer einzudringen, in deren Mitte sie Balz' Stirnglatze und Sepps Borstenkopf erkannt hatte. Die meisten Bauern hielten sich abwartend am Rand, bei Hans Schütte, als deutlich wurde, daß die Aktion der Franzosen nicht der Menge im ganzen galt. Die versuchten, in den Knäuel einzudringen, schoben sich mit leichter Gewalt und imponierend gemeintem Geschrei zwischen die Frauen: Laissez! Laissez passer! Merde ces femmes. Laissez passer! Aber die Frauen hielten wie mit Gummiband verbunden zusammen, drückten das Polizeitrüppchen auseinander, vereinzelten die Männer, machten sie wehrlos: Sie, was wollen Sie! Treten Sie mir nicht auf die Füß! Was drängelt der so, hier gibts nichts umsonst! Wir sind friedliche Leut! Geht nach Haus zur Frau! Au, mein Hühnerauge! Kerl! Das Geschrei der Frauen wurde immer lauter, immer empörter, einem wurde plötzlich von irgendwo der Helm vom Kopf gestoßen, Jubel – eine Glatze! Hat keiner Haarmittel dabei? Eine Perücke für den Armen! Und der konnte sich nicht einmal bücken nach seiner Bedeckung. Rosa dachte, daß sie jetzt gleich anfangen würden zu schlagen, aber sie kriegten schon kaum noch die Arme hoch.

Vom Wachhaus kamen drei weitere Polizisten gelaufen, ihren Kameraden zu Hilfe, ein Offizier dabei, der Helm rollte ihnen vor die Füße, einer mußte ihn aufheben, sie blieben vor den vordersten Frauen stehen, der Offizier, wutrot im Gesicht, mit wildem Armschwenken, schrie: Venez retour! Retournez! Retour! Die Frauen stupsten ihn, an die Brust, die Schulter, zupften am Ärmel: Unverschämtheit ist das! Gegen wehrlose Frauen! Das sind die französischen Kavaliere? Wenn ihr den Balthasar verhaften wollt, müßt ihr uns alle mitnehmen. Ja, alle! So viele Zellen habt ihr gar nicht!

Die eingekeilten Polizisten, als sie auf das Kommando umkehrten, glitten mehr als sie drängten durch die plötzlich nachgiebige, willfährige Menge der Frauen, wurden rausgedrückt wie Splitter aus dem Fleisch. Der Offizier schrie noch: Sie nach Haus! Wir holen CRS! und ging seinen Männern nach ins Wachhaus. Geschlagene Armee.

Es war klar, daß seine Drohung leer war. Die Franzosen konnten nicht riskieren, massiv gegen Deutsche wie gegen ihre eignen Landsleute vorzugehn. Zumindest nicht direkt an der Grenze. In Marckolsheim wär die Situation schon anders gewesen.

Rosa hatte Mona auf die Schultern genommen, wollte sie nicht wieder verlieren, kam leicht durch zu Balz, rief ihn an, der mit Elli Jönne und Frau Schnitter sprach, die Erregung war immer noch groß, aber heiter.

Vatter!

Balz drehte sich um, grinste stolz: Hast gesehn, wie sie mich eben verhaften wollten?

Dich? Wieso grad dich?

Weil ich auf französischem Boden steh. Die haben mich doch erkannt! Und – was gibts?

Ich war auf dem Platz!

Ja, und?

Hunderte sind da! Alles voll! Aus den ganzen elsässischen Dörfern!

Habt ihrs gehört, verkündete Balz sofort laut über den Lärm, Hunderte Elsässer sind auf dem Platz! Der Jarrot kriegt einen großen Empfang!

Die Nachricht machte die Runde, steigerte noch die Stimmung.

Was ist in Sasbach? Alles dicht?

Rosa schüttelte den Kopf, daß sich Mona vor Schreck in ihren Haaren festhielt.

Au, Mona! Bist verrückt! – Nix ist. Da sind nur Frauen und ein paar Männer. Die halten nichts auf.

Balthasars Brauen zogen sich zusammen, er kriegte die kurze steile Falte auf der Nasenwurzel.

Warum hast nichts gemacht?

Ich allein! Hab den Gipper angerufen, der ist mir den Buckel runtergerutscht. Zwei wollten auf Weisweil, zum Bürgermeister, vielleicht bringen die ein paar mit.

Da kannst warten, sagte Balz. Los, fahr zurück zur Brücke, sag ihnen, daß wir hier gesperrt haben. Vierspurig! Fahrt auf die Brücke mit ein paar Wagen, schmeißt die Schlüssel in den Rhein!

Rosa tippte sich an die Stirn: Du spinnst Vatter. Ich brauch mein Auto noch.

Balz lachte wieder, griff nach Monas Hand: Gelt Mona, da schaust. Willst beim Opa bleiben?

Mona hielt sich fest an Mutters Kopf, zog die Hand zurück.

Also, fahr zu, mach, daß du die Brücke gesperrt kriegst. Fahr noch einer mit mit der Rosa, Elli, was ist?

Rosa gehorchte. Elli Jönne mußte heim zu ihren vier Kindern, so schnell wie möglich, aber Frau Schnitter begleitete Rosa.

In Breisach mußten sie unbedingt noch anhalten, Mona bestand auf einem Eis, und Ärger gab es dann, als der schmelzende Rest über Finger und Kleid auf die Polster tropfte.

An der Sasbacher Brücke war die Situation unverändert. Und ziemlich deprimierend. Frauen, vor allem aus Sasbach, Königsschaffhausen und Weisweil, wenige Bauern. Standen in kleinen Gruppen herum. Ein Dutzend Autos. Keine Traktoren. Einzelne ortsfremde Wagen – viele waren es selten an diesem Grenzübergang – passierten abwechselnd in beiden Richtungen die Brücke. Frau Schnitter und Rosa gingen zu der Gruppe um Frau Wieseli. Die war schon geladen.

Wir müssen jetzt unbedingt die Brücke wieder sperren, sagte Rosa.

An der Europa-Brücke haben unsre totale Verkehrsblockade gemacht, sagte Frau Schnitter.

Mach was, mit diesen Männern, sagte Frau Wieseli. Die stehn nur da, halten sich die Hände trocken und schwätzen!

Wieviel Autos haben wir? sagte Frau Heils.

Sie hatten sechs. Und das waren zu wenig. Die Männer hatten noch einmal so viele. Zusammen würde das reichen, stellten sie fest. Und rückten gegen die eine der beiden Männergruppen vor.

Wir fahren jetzt auf den Platz! Hier rumzustehn, ist uns die Zeit zu schad.

Setzt euch ans Steuer, ihr dürft die Spitze machen. Auf der Breisacher Brücke ist Zirkus, und wir gucken uns die Gegend an! Zum Lachen ist das. Zum Lachen? Zum Heulen!

Die Männer feixten.

Ich mach dir die Spitze, Rosi, wenn du willst, aber nicht hier, ich weiß da ein schönes trocknes Plätzchen.

Sattes Gelächter.

Scheißkerl, sagte Rosa, da brauch ich grad dich.

Schlappschwänze seid ihr, reißt das Maul auf, und tun –?

Seht mal nach, ob sie überhaupt welche haben! Das war die Studentin aus Freiburg. Und jetzt lachten die Frauen.

Paß auf – dir wächst gleich ein Bart, Mädchen.

Und dir ein dicker Arsch! Frau Wieseli kam in Fahrt. Da weiß ich, wo ich dich hintreten kann! Herrgottsakrament, der sollt mir ins Haus kommen! Dem würd ich zeigen, wo die Pantoffeln stehn. Schieben, das können sie, von hinten drücken, wenn hundert vorn stehn. Und dann in der Wirtschaft, das muß man mal hören, mit dem Viertele in der Hand, wie sie da auf die Polizei losgehn und wolln den Filbinger persönlich am Rock packen, Dubel die! Männer wollen das sein? Ihr wollt Männer sein? Was seid ihr überhaupt?

Mäuschen, sagte Rosa.

Du hast es mir aus dem Maul genommen, Rosi. Ganz klein und grau und sagen nicht mal piep!

Frau Wieseli, mit wütenden Schritten, ging zu der andern Männergruppe, die Frauen mit ihr.

Was habt ihr denn schon gemacht? Weibervolk! rief ihnen einer nach. Rüber kommt doch keiner!

Da drehte sich die alte Frau Tießmann, in ihrer schwarzen Bäuerinkleidung, die nicht so schnell hinterherkam, noch einmal um: Dann gehört die Brücke besetzt, daß ihrs nur wißt.

Die Männer waren sauer, verletzt, empört. Aber auch in der Klemme. Sie fanden selbst mies, daß sie hier tatenlos rumstanden, während zu Hause die Arbeit liegenblieb. Sie waren nicht als Zuschauer gekommen, wollten die Brückensperrung unterstützen. Nur eben nicht als Himmelfahrtskommando. Mit so wenigen Leuten schien ihnen eine Bürgeraktion unmöglich, die Polizei hätte zu leichtes Spiel gehabt. Die Frauen hatten sie dabei allerdings aus der Rechnung gelassen, sie auch nicht befragt, ob sie mitmachen würden. Es gab welche unter ihnen, denen hatte die unerwartete Frechheit der Frauen imponiert, die wollten jetzt nicht zurückstehn, und seis nur, um zu sehn, ob die wirklich so viel Courage wie starke Worte hatten. Drei gingen zu ihren Wagen, rollten langsam zur Brückenauffahrt zum Zeichen ihrer Bereitschaft.

In der andern Gruppe lief die Auseinandersetzung sachlicher, die Männer verlegten sich aufs Argumentieren, es seien keine Traktoren da, überhaupt zu wenig Autos, man müßte darüber abstimmen, aber wer sollte hier draußen eine Abstimmung durchführen, auch hätte der Regierungspräsident schon in Straßburg interveniert, man müßte den Franzosen Bedenkzeit lassen, Gipper und Pfarrer Richtig wüßten schon, warum sie nicht rausgekommen seien, man könne auch durch Verhandlungen zum Ziel kommen. Einer erklärte sich bereit, zur Europa-Brücke zu fahren, um von dort erst Verstärkung zu holen.

Als die Frauen schließlich doch vier Männer weichgemacht hatten und zwei ins Dorf zu fahren versprachen, um ihre Traktoren zu holen, als sich die Kolonne von acht Wagen formiert hatte, waren die andern drei wieder ausgestiegen und in die Gruppe zurückgegangen. Es dauerte noch einmal zwei Ampelphasen lang, bis sie sich erneut entschlossen, sich wenigstens hinten an die Kolonne zu hängen. Im ersten Wagen Frau Wieseli, dahinter Rosas Fiat mit Mona und Frau Schnitter, der Freiburger Wagen der beiden Studentinnen und dann erst zwei Wagen mit Männern.

Die paar Polizisten am deutschen Zoll verhielten sich abwartend, als die elf Wagen der Bürgerinitiative auf die Brücke rollten. Bei den Franzosen ging sofort der Schlagbaum runter. Frau Wieseli stieg gar nicht erst aus, ließ sich auf keine Diskussion mit den Zöllnern ein, wendete und fuhr an den Wagen der Kolonne vorbei zurück auf die Brücke, die andern ihr nach. Wenige Meter vor der deutschen Seite hielt sie, stieg aus und schritt, ein Bild der Unschuld und Würde, an den Wagen hinter ihr vorbei zum Zollhaus.

Mit zwei Dutzend Frauen und Männern verwickelte sie nun die Zöllner, zumindest die Elsässer unter ihnen, in eine intensive Argumentation über Fragen des freien Grenzverkehrs in Europa, der Schädlichkeit von Bleiemissionen und überhaupt der drohenden Umwandlung des Oberrheintals in ein zweites Ruhrgebiet. Die Diskussion blieb allerdings ziemlich einseitig, die Franzosen hatten merklich Order, sich eisig zu zeigen, und ließen sich weder durch Charme noch durch Stupsen aus ihren abweisenden Mienen locken. Ihr Offizier hatte schnell die neue Lage erkannt, verschwand im Zollhaus, sie wußten: Zum Telefonieren.

Auch Mona hatte die Situation erfaßt und war mit dem kleinen Sohn von Frau Meier verschwunden. Rosa fand sie auf der Brücke, wo sie die Eignung der seitlichen Trägerkonstruktion als Klettergerüst erprobten. Es kam aber nicht zur Vollstreckung des mütterlichen Zorns, weil von der deutschen Seite eine Reihe Grüner an den Wagen entlang heranmarschierte, da stand auch ihr Mannschaftswagen, Rosa lief, die Kinder mitzerrend, zurück zu den andern. Es war kaum Zeit für Erstaunen, wie schnell die deutsche Amtshilfe zur Stelle war. Die Polizisten gaben ihnen fünf Minuten Zeit, die Fahrzeuge von der Brücke zu schaffen, die Abschleppwagen ständen bereit, und Strafbefehle gäbe es zusätzlich.

Dreißig Bürger gegen fünfzehn starr blickende Polizisten – da brach der Mut unter den Kopftüchern schnell zusammen. Und die meisten Frauen hätten nicht gewagt, dem Mann ohne Auto oder mit einem Mandat nach Haus zu kommen.

Langsam, widerstrebend, gingen sie zu ihren Wagen, Motoren wurden angelassen, kurze, vorwurfsvolle Wortwechsel noch mit den Landsleuten in Uniform, Rückzugsgefechte. Rosa wünschte,

Mona würde jetzt noch mal weglaufen. Vergebens. Eingeschüchtert, tränennah, krallte sie sich in ihre Hose. Ein Polizist herrschte sie an, daß sie das Kind auf den Arm nehmen, sich gefälligst beeilen solle.

Als sie mit Frau Wieseli an ihrem Wagen war, kamen grade die fünf Bauernpanzer aus Sasbach an, Allradantrieb, Marke International Harvester, Klöckner-Humboldt-Deutz, Lanz Bulldog, stoppten hart vor Frau Wieselis Wagen. Das ist kein Witz! schrie der Polizeioffizier sie an, aber die beiden Frauen hörten so schnell nicht auf zu lachen.

Auf der Breisacher Brücke hatte Hans Schütte mit wenig Erfolg argumentiert, daß nun ein eindeutiges Zeichen des Bürgerprotestes gesetzt sei, der Stau reiche schon bis Freiburg, die Sympathie breiter Bevölkerungskreise mit der Sache der Bürgerinitiativen stünde auf dem Spiel, wenn sie es auf die Spitze trieben.

Der Beweis der eignen Kraft, der sichtbare Erfolg sprach anders.

Wirkungsvoller waren später die vollen Blasen der Frauen, denen die französischen Zöllner ihre Toilette versagten, und der Schulschluß der Kinder. Auch Balz wußte, daß ohne Mittagessen nichts laufen konnte. So wurde gegen zwölf, und ohne daß die CRS sich bemerkbar gemacht hätte, die Brückensperrung aufgehoben.

Es waren noch gut hundert Wagen, die kurz darauf an der wieder gesperrten Sasbacher Brücke vorfuhren. Und dort hatte die Polizei den Nachmittag über nichts mehr zu sagen.

Der Südwestfunk allerdings informierte die Autofahrer, daß der Rheinübergang zwischen Sasbach und Marckolsheim vorübergehend unpassierbar sei und gab als dringende Ausweichempfehlung die Brücke von Breisach und die Kappeler Fähre an.

Um 18 Uhr dann, schon auf der Heimfahrt, hörten sie in einem Wagen der Weisweiler Bürgerinitiative über den Polizeifunk, daß sich die Ansammlung einiger hundert Demonstranten nach Beendigung der unangemeldeten Kundgebung nun auflöse und die Gefahr weiterer Störungen nicht mehr gegeben sei. Sie feixten und klatschten dem Polizeisprecher Beifall.

Balz zog den Schlafanzug an, legte sich in das vorbereitete Bett. Die Schwester, noch mit den strafenden Ärgerfalten auf der Stirn, stach die Kanülen in den hingehaltenen Unterarm, zweimal der kleine, erwartete Schmerz. Balz beobachtete, wie jedesmal, sein in den Plastikschlauch steigendes, Blasen schlagendes, hellrotes Blut, das hochgezogen wurde, in der Nierenmaschine verschwand, wieder hervortrat und den zweiten Schlauch füllt, in seinen Arm zurückgetrieben wurde.

Er war mit einer Stunde Verspätung in die Klinik gekommen, Rosa hatte ihn nach seiner Rede bei der Brückenkundgebung sofort nach Hause fahren müssen, die Unterwäsche hatte Cilia hingelegt, nicht mal geschimpft, das hastige Bad, die Fahrt nach Freiburg durch den Geschäftsschlußverkehr. Seine gebräunte Gesichtshaut war gelb, fahl, er atmete schwer.

So, sagte Schwester Maria, als sie die Kanülen am Arm festgeklebt hatte, schon etwas versöhnlicher, jetzt schlafen Sie schleunigst. Und das nächste Mal wird wenigstens vorher angerufen. Ist keine Privatstation hier.

Balz fand keinen Scherz mehr, nickte nur ergeben, mehr mit den Augen als mit dem Kopf.

Sie war schon an der Tür, da hörte er das Wort Sasbach aus dem Transistor seines Bettnachbarn, war sofort da: Schwester Maria! Hören Sie! Hier im Radio. Das waren wir!

Der Kommentator staunte über das grenzüberschreitende, das europäische Bewußtsein der Landbevölkerung beiderseits des Rheins, befürchtete allerdings eine Eskalation der Gewalt, mahnte die Landesregierung zur klaren Sprache gegenüber den Straßburger Behörden und zur Offenheit für die berechtigten Sorgen der Bürger, lobte das entschiedene Telegramm des Landrats, appellierte an alle Seiten, das Augenmaß nicht zu verlieren.

Balz sah jetzt aus wie ein Weihnachtsmann nach der Bescherung. Seine Augen strahlten die Schwester herausfordernd an.

Ist schon toll, was ihr euch traut, sagte Schwester Maria. Treibts nur nicht zu schlimm.

Das kommt noch ganz anders, sagte Balz, wenns erst um das Atomkraftwerk geht.

Im Einschlafen stellte er sich vor, wie sie jetzt feierten auf dem Platz in Marckolsheim, die Elsässer mit den Kaiserstühlern, sah den brennenden Holzstoß, die redenden, trinkenden Menschen, bekannte, vertraute, fremde Gesichter. Und da war wieder die Pontonbrücke, wie sie vollstand mit Autos, davor die Kundgebung, sein Ärger erst, daß weder Gipper noch Schütte gekommen waren um zu reden, obwohl sie es doch versprochen hatten, wie sie dann kurze Ansprachen improvisierten, Schwörler sprach für die Wyhler Bürgerinitiative über die Natur am Oberrhein, die sie schützen müßten – und man hatte gemerkt, daß es ihm von Herzen kam, trotz des Lautsprechers – Treutz brachte die Grüße und den Dank der Elsässer für ihre entschlossene Unterstützung der gemeinsamen Sache, Frau Heils redete über die Selbsthilfe der kleinen Leute. Auch seine eigene Rede am Schluß lebte er noch einmal nach, verbesserte ein paar Stellen, den ironischen Dank an die Franzosen, daß sie ihnen durch die Sperrung geholfen hatten, so viele Bürger in so kurzer Zeit zu mobilisieren, seine Warnung an die Atomlobby in Stuttgart vor der Bürgerwacht am Rhein. Gut war, daß er nicht vergessen hatte zu sagen: am nächsten Morgen um 6 würden sie wieder an der Brücke sein, mit noch mehr Menschen, so lange, bis die Franzosen zur Vernunft zurückgekehrt wären. Und dann war da noch einmal der kleine französische Zolloffizier mit dem eckigen Schnurrbart, wie er zu ihm getreten war, unmittelbar nach seiner Rede an Mildbrods Lautsprecherwagen, und ihm gesagt hatte: Monsieur Ehret, ich habe den Auftrag, Ihnen vom Präfekten Sicurani mitzuteilen – die Grenze ist morgen früh wieder offen. Für alle? hatte er gefragt. Und der Franzose, der ihn gut verstanden hatte, todernst: Für alle.

Die Platzbesetzung

Für zehn hatten die Bürgerinitiativen die Pressekonferenz ins Naturlehrhaus des Wyhler Gemeindewaldes festgesetzt. Es ist fünf Minuten vor zehn, an diesem klammen, neblig-kalten Morgen des 18. Februar 1975. Balthasar fährt langsam, zwischen 30 und 40 schwankt die Tachonadel, aus Wyhl auf die fast gerade Landstraße zum Rhein. Immer wieder wälzt er den Gedanken hin und her, daß dies die Stunde ist, in der sich entscheiden wird, ob der Kampf genügend vorbereitet, der Zeitpunkt richtig gewählt wurde – ob sie den Gang gegen die Energiekonzerne und die Landesregierung bestehen werden. An der Waldgrenze schaut er zurück, erschrickt fast – da fährt ein Wagen am andern, so weit er die Straße zum Dorf überblicken kann! Langsam, keiner überholt, besonnen, denkt er, oder zögernd, abwartend, wohl mit den gleichen Erwägungen und Sorgen beschäftigt, er hat das Gefühl, sich aufrichten zu müssen im Sitz, wie da der Kaiserstuhl, denkt er, auf Rädern hinter ihm rollt, das ist eine Stärke, ein Berg, das ist das Volk, so muß es sein. Und er hat keine Angst, vorn zu fahren.

Am Naturlehrhaus stehen ein knappes Dutzend Wagen, Freiburger, Emmendinger Kennzeichen, einige Männer und Frauen im Gespräch, der Müller, der Pfarrer dabei, die Leute von der Badischen Zeitung. Balthasar hält, wenige folgen ihm, die meisten fahren weiter, er begrüßt die Sprecher der Bürgerinitiativen, Wüstenhagen, Frau Harlow, Schultz, Siegfried Göpper, Pfarrer Richter, die Lokalreporter, hilft noch die Bänke aufstellen. Müller Göpper macht die Honneurs, gekonnt, Weltmann aus Weisweil im grauen kleingemusterten Schneideranzug, meine Damen und Herren von der Presse, schlägt einen großen Bogen zurück zum Beginn des Bürgerwiderstandes im Sommer 1974. Das sind Worte, denkt Balthasar, zu viele Worte jetzt, geht raus, unbeachtet, schiebt sich mit seinem dreckigen 17 M in die immer noch in lockerem Abstand rheinwärts rollende Wagenkolonne.

Wenige hundert Meter weiter: der Rhein, hinter dem Deich die Baggerseen, die ersten abgestellten Bauwagen, noch einmal hundert Meter schon zerfahrener Waldweg, der Bauplatz. Mitten im Auwald. Kipplader an verschiedenen Stellen, zwei Planierraupen, ein großer Bagger, gelbbehelmte Bauarbeiter, Holzfäller, Vermesser mit weißen Schutzhelmen, zwei Minensuchtrupps mit ihren Spürgeräten, gestürzte Bäume, aufgeschobenes Erdreich, der tiefe, bedrohliche Lärm der schweren Dieselmaschinen gemischt mit dem ohrenschneidenden Kreischen der Motorsägen und dem Rauschen und Krachen umstürzender Bäume, brechender Äste.

Den Bauern und Winzern, die da jetzt in langer Reihe hintereinander auf dem Weg anfahren, parken, aussteigen, langsam nach vorn kommen zu den beiden großen Schildern Hochtief Bau AG und Kernkraftwerk Süd GmbH, treibt der Anblick dieser Zerstörung das Blut in die Köpfe. Einschüchternd zugleich die tonnenschwere Gewalt der Raupen und Bagger, auf denen die Fahrer sitzen wie Panzerkommandanten, das Bewußtsein der Kraft und Gefährlichkeit ihrer Maschinen unübersehbar im Gesicht und in den sicheren Gebärden, ein Druck auf das Gaspedal läßt die Stahlkolosse dumpf aufheulen, ein Hebelzug öffnet das Riesenmaul des Baggers, hebt die kalt blinkende Räumschaufel über die Köpfe der zerbrechlichen Personen da unten, schiebt die klirrenden Kettenglieder über jedes Hindernis – aber über die Pferdestärken, den Stahl setzt sich die Wut der Kaiserstühler hinweg. Noch ein paar Fragen an die Studenten aus Freiburg, die Burschen aus den Dörfern, Balthasar dazwischen mit seinen Mahnungen: Län eich nit provoziere! Niet beschädige! Mir derfe kaine Tätlichkeite dulde, auf gar kainen Fall – äu nit fräch si, niemes drohe, mir mien argumentiere mit unserm Rächt, 's Mül isch unsre schärfschte Waff – ein scharfs Mül isch meh wärt als zehn Maschinegewehr!

Balthasar ist nicht der einzige, der zur Besonnenheit mahnt, Freiburger Genossen sind da, auch einige andere Sprecher der Bürgerinitiativen, aber er scheint überall zugleich zu sein, wie jetzt die Bauern, die Frauen, die Elsässer in Gruppen zu den Arbeitern gehen, Aufhören! sagen, der Bauplatz ist besetzt! Wir dulden nicht, daß unsre Heimat zerstört wird! sich um die Pappeln, die Holzfäller stellen, daß die nicht mehr sägen können, ohne Menschen zu gefährden, und ihre Sägen abstellen müssen. Aber nicht alle beugen sich der Gewalt der Worte, merklich sind sie vorbereitet, vorbereitet worden auf die Bürgeraktion, weisen auf die an verschiedenen Stellen angebrachten Warntafeln hin, die Strafandrohungen gegen unbefugtes Betreten des Baugeländes, Unterschrift Bürgermeister Zimmer, Ortspolizeibehörde Wyhl, tun hier nur ihre Pflicht, müssen ihr Brot verdienen, ob man denn ihnen die Arbeitsplätze wegnehmen wolle, irgendwo müsse das Atomkraftwerk schließlich gebaut werden, auch am Kaiserstuhl brauche man elektrisches Licht und Strom für die Maschinen und könne nicht wie in der Steinzeit leben.

Stärker werden die Worte, überzeugender die Argumente, je mehr Besetzer sich um die wenigen verbissen weiter arbeitenden Teams sammeln, bis ihnen die Bewegungsfreiheit genommen ist, sie müßten Frauen und Kinder anfassen, wegschieben, um sich Platz zu verschaffen, das wagen sie nicht. Einer schlägt drohend mit dem armlangen Kettensägeblatt nach den hinter ihm Stehenden, läßt es aufheulen, daß sie erschrocken zurückweichen. Aber nun kommt er nicht mehr an den begonnenen Schnitt, fünf Mann drängen sich zwischen ihn und den Baum, wohin er sich wendet, stehen sofort Menschen vor den Stämmen, resignierend läßt er die Säge sinken, die er eben noch wie eine Maschinenpistole gegen die Bäume und Menschen gezückt hatte, geht zum Bauwagen, das Beifallklatschen als Hohn in den Ohren, obwohl es Freude über Einsicht meint.

Schwierig ist es auch mit den vielen ausländischen Arbeitern, denen sich die Kaiserstühler nicht verständlich machen können, hilflos sind da die Argumente, gestammelt: Heimat – verstohst? Kaputt! Bambini kaputt! Mama kaputt! Hiroshima – Bombe – radioaktiv – wir nix radioaktiv! Wein – vino – nix Sonne, wenn Nebel! Große kreisende Armbewegungen veranschaulichen die aufsteigenden Kühlturmschwaden, aber beseitigen nicht die Ängste der Arbeiter um ihren Lohn, auch ihnen hat der Chef Schreckliches erzählt. Du Anarchista? fragt ein Spanier, du bumm bumm? und krümmt dazu den Finger um den vorgestellten Pistolenabzug. Der Winzer muß das erst kapieren, bis er lachen kann, sich an die Stirn tippt: hier bumm bumm! Ich Vino, Kaiserstuhl-Vino, gluck gluck! Und dazu die Handbewegung zum Mund, mit dem Weinglas, das nicht da ist: Ich Bauer! Farmer! Hän er des vernumme – Terrorischte solle mer si! Des hans dene Üsländer wisgmacht. Dräckspatze di! Und wieder zu dem Spanier: Wir gut! Wir amigo! Chef nix gut! Da grinst der sehr verständnisinnig, schultert seine lange Axt demonstrativ, seine ausländischen Kollegen lachen verlegen, sehen auch, daß die deutschen Arbeiter die Sägen abstellen, gehen zu den Gerätewagen hinüber oder setzen sich auf die gefällten Stämme, die Entwicklung abwartend.

Balthasars Nerven sind gespannt. Er sieht den hochgewachsenen Projektleiter mit dem Tirolerhut an den Bauwagen auf die Menge von Besetzern und Arbeitern einschreien, einzelne Arbeiter gehen wieder mit Geräten zurück in den Wald – zugleich klettern vorn am Weg junge Leute auf den Raupenbagger, dessen Maschinist verbissen weiter die gewaltige Schaufel in den abgeholzten Waldboden schlagen läßt. Gefährlich ist diese Situation, die jungen Leute versuchen, sich vor die Fenster der Kabine zu stellen, um dem Mann die Sicht zu nehmen, klopfen an die Scheiben, gestikulieren, im Schwenkbereich der weit ausladenden Schaufel stehen Frauen – wenn eine hinfällt im Morast, nicht rechtzeitig ausweichen kann! Balthasar läuft rüber, schwer geht der Atem in seinem massiven Körper, er wollte dem Baggerführer nicht gegenübertreten, es ist ein ehemaliger Arbeitskollege aus der Zeit nach dem KPD-Verbot, wo er als Vorarbeiter an der Autobahn schaffte, nun ist er sein Gegner, ein Nationaler schon immer, der den Autobahnbau in Baden zur Bestätigung von Hitlers Politik verklärte und jetzt die Besetzer als Lumpengesindel und dreckige Studenten beschimpft hatte – so erklärten Balthasar die jungen Leute die Situation und ihre Wut. Ein Faschist ist das! Der läßt nicht ein Wort mit sich reden! Hat alle Türen von innen verriegelt! Der würde glatt einen umbringen.

Unter der Baggerschaufel stehen jetzt fünf, sechs Frauen und Männer, der Fahrer schwenkt den Tragarm zur Seite, will die Schaufel dort absenken, aber die Menschen laufen unter ihr mit, verhindern das, dasselbe Manöver zurück, mehrmals so, hin und her, Balthasar denkt: wie ein Tanz zwischen Mensch und Maschine, ein bitterernster, bedrohlicher Kriegstanz, denkt er, während er die jungen Männer vom Bagger winkt, sich dem Maschinisten bemerkbar zu machen versucht durch Zeichen, bis der ihn erkennt, das Seitenfenster aufschlägt, runterschreit: Mach, daß des Lumpenpack wegkommt, eh ich mich vergiß! Balthasar kann auch schreien: Horch emol! Hör jetzt emol uff! Kai Mensch bezahlt dir des, wenn du d'Bürefräue kaputt schläscht! Mir wän nix mit dir! Hör uff! Der Mann stellt tatsächlich die Maschine ab, öffnet die Kabinentür, lehnt sich raus, die andern scharen sich um Balthasar, zornig, aber bereit zum Frieden, und der Baggerführer bläst sie an: Ihr spinne doch alli! immer noch Wut, aber auch Aufgabe, Resignation in der Stimme. Balthasar erkennt das: Dü waisch war i bin, ich bin nit gege Arbeiter, mir alli sin nit gege eich Arbeiter, aber ihr sin äu niet

Bässres wie mir, mir wän mit eich schwätze, worum daß des Atomkraftwerk d'Arbeiter üs dere Gägend gnäu so bedroht als wie d' Wiebüre un der Dübak und d'Fisch –

Gähn er heim eh d'Polizei eich uffs Hirn schlät! fährt er ihm dazwischen, steigt aber von der Maschine, bedächtig, alle Verachtung in den Hintern legend, den er ihnen zukehrt, und Balthasar weiß am besten, daß der Mann kaum zu überzeugen ist, geht mit ihm hinüber zu dem Haufen um den Projektleiter, erinnert ihn an die Geschichte, wie sie dem Kollegen mit den zwei Frauen die Kuverts der Liebesbriefe vertauscht hatten und dann die zwei Schönen zugleich auf der Baustelle erschienen, Zirkus machten zum Gaudi der ganzen Mannschaft. Das bringt den Baggerführer zum Lachen.

Gut gebräunt im Gesicht, einen halben Kopf größer als die meisten, Typ: deutscher Major, redet der Projektleiter auf die Besetzer ein, die ihn warnen, nicht den Scharfmacher zu spielen, die Kaiserstühler handelten hier in Notwehr, aber friedlich, er solle die Arbeiter nicht wieder ans Schaffen hetzen und eine Eskalation provozieren.

Ohne Ihr illegales Eindringen auf das Baugelände gibt es keine Arbeitsbehinderung. Sie bedrohen doch hier den Frieden. Hausfriedensbruch ist das! Zum letztenmal: Verlassen Sie sofort das Baugelände!

Sie haben uns überhaupt nichts zu sagen. Der soll sich nicht so dick machen. Sell isch unser Wald!

Ich bin hier der Hausherr. Das Gelände gehört den Badenwerken. Ich werde jetzt die Polizei rufen!

Der Mann steckt keinen Zentimeter zurück, will mit dem Schädel durch den Bürgerwiderstand. Balthasar schreit über die Köpfe weg: Eberle hat unser Recht verletzt – deshalb wird in Wyhl der Platz besetzt! Und in den Beifall: Eberle hat sofortigen Vollzug der Baugenehmigung angeordnet. Das Gericht muß erst über unsern Einspruch entscheiden. Was Sie hier machen, ist illegal!

Beifall, Rufe: Illegal! Drecksäckel! Für dumm verkaufe!

Der Tirolerhut hat keine Argumente mehr, sieht nur noch rot: Was wollen Sie überhaupt, gehn Sie doch nach Hause – in zehn Jahren ist das Kernkraftwerk ausgebrannt, dann können Sie Ihren Wald wiederhaben.

Jetzt gehn ihm die vordersten an den Janker, die Empörung schlägt durch in die Fäuste, der freche Zynismus des leitenden

Ingenieurs zerbläst ihnen die Überlegung, übrig bleiben nur noch Schimpfworte, der Lumpensäckel der, du Hurenbock, Kapitalistenknecht, übrig bleibt die mühsam zurückgehaltene Wut, die Schlagkraft der Bauernhände. Balthasar kann da jetzt auch nicht viel machen, nicht viel andres als ablenken, die entfachte Energie umlenken, weist die Nächsten hin auf verschiedene Gruppen von Arbeitern, die, bestärkt, gezwungen durch die unnachgiebige Haltung ihres Chefs, zurückgegangen sind zu ihren Arbeitsplätzen. So löst sich auch die Menge um den Projektleiter wieder teilweise auf, erneut beginnen die Argumentationsgeplänkel im Gelände, und die Frauen vor allem nehmen nun den Platzboß der Badenwerke auf ihre Weise ins Gebet. Die Polizei jedenfalls kann er vorerst nicht rufen. Aber die ist ja auch längst da, in Zivil.

Balthasar, wie er nun durch die Pfützen und das wäßrige Schneetreiben langsam den Waldweg zurückrollt, an der nicht endenden Kette von geparkten Wagen vorbei, verbietet sich das hochsteigende Gefühl von Triumph, von Freude, warnt sich: das ist nur der Anfang, ein erster Überraschungssieg, die Stellung ist noch schwach, unbefestigt, es gilt erst, sie auszubaun. Immer wieder hält er an, zur Auskunft gewunken von den Gruppen ihm entgegenkommender Bauern, wer kennt ihn hier nicht, lehnt sich aus dem Fenster, lacht: Es läuft, gähn er nur hi, mir bsetze der Platz, jeder wird brücht! Auch die er nicht kennt, oder nur vom Sehn, von irgendeiner der vielen Kundgebungen und Versammlungen, Emmendinger, Kenzinger, redet er an: Spot kommen er, beeile eich, 's git ebbes z'tun für eich, Zietung het gsäit mir währe uns nit – jetz lueg emol, wie d'Zietung lüegt! Helfe uns!

Eine Viertelstunde fast braucht er bis zum Naturlehrhaus, da läuft noch immer, im windstillen Auge des Sturms, die Pressekonferenz, da legen die Sprecher der Bürgerinitiativen den Lokal-Reportern der baden-württembergischen Landes-Zeitungen und den Filmern von WDR, Süd- und Südwestfunk die vielfältigen Anstrengungen der Umweltschützer dar, die Landesregierung und die Kernkraftwerksbetreiber zur Anerkennung ihrer Sorgen zu bewegen und wie sie nun durch den überstürzten Baubeginn hintergangen, in ihrem Vertrauen auf die rechtsstaatlichen Prinzipien bitter enttäuscht worden seien.

Balthasar wartet nicht, bis er zum Wort gebeten wird, platzt in die dezent erregte Atmosphäre: Was hocken er do nie! Rüss! Duße isch Weltbewegung! Wän er alles verpasse mit Schwätze und Spekuliere? Duße wird d'Platz besetzt, die Kaiserstühler Bevölkerung het d'Sach in d'Händ gnumme und ihr län eich ain Weltereignis an der Nas lang go und räde so e Mischt! Jetz isch Schluß mit dem Hüfe Räde, ihr häns ja glehrt, ufm Knie schriebe, mache d'Pressekonferenz da uße! Jetz helfe nur noch Tate, Worte müsse Tate folge, kumme, die Sensation des Jahres im Wyhler Wald!

Lange Sekunden Schweigen, eiskalt. Schreck, Furcht, auch Ärger. Balthasar wartet das Ende der Überraschung nicht ab, verläßt das Schweigen, fährt zurück zum Platz. Wenig später ist da versammelt, was sich binnen Tagen als Weltöffentlichkeit erweist.

Niemand und nichts ist vergessen

Baier wußte schon, daß es gefährlich war. Der Glanz, diese überschwengliche Pracht der tausend Säle und Bilder, Säulen, Figuren und Intarsien, war ausgelöscht von wenigen Worten, war verdrängt allein von dem Bewußtsein, nun dieses Ziel zu haben.

Galina hatte ihm über die Rücklehne in ihr brüchiges Französisch übersetzt, was die Führerin auf russisch erzählte, aber der Lärm des alten Busses verschluckte fast alles, was noch halbwegs verständlich war. Er hatte schließlich nicht mehr zugehört, auf die Newa, dann die Hochhäuser der Vorstadt geschaut und Ungeduld gehabt, daß die Führerin zu Ende wäre mit ihrem Vortrag, das hatte gedauert, und Galina hatte weiter versucht, aber sich schon bei den Zahlen verheddert und seine Gedanken gestört, die angestoßen waren durch das wenige Verstandene und das vage vorher Gewußte. 900 Tage hatte er verstanden, die runde Zahl kam auch aus seinem Gedächtnis, weniges mehr, das zu den Kriegsjahren gehörte, Blokkade, Ladogasee, genug, ihm Angst zu machen. Vor dem Augenblick, auf den er wartete.

Sie sprach mit konzentriertem Gesicht, nicht wie eine Fremdenführerin, die hundertmal Gesagtes wiederholt. Er dachte, sie hat es selbst erlebt, unmöglich, ihre glatte Haut zeigt höchstens dreißig Jahre, aber sie sprach dennoch wie aus Erfahrung, wie er sprechen würde über deutsche Literatur oder die Notstandsgesetze oder die Berufsverbote als sein eigenes Leben.

Dann kam sie zum Ende, war erleichtert, schien ihm, setzte sich auf ihrem Drehstuhl neben dem Fahrer zurück, aber drehte sich nicht um, schaute in den Bus, abwesend, wo die Stimmen der Dolmetscher noch zu hören waren und die der Gäste mit Fragen. Die Führerin sah ihn nicht an, der gleich hinter dem Fahrer saß, ihr Gesicht war jetzt verschlossen, er dachte, daß sie nicht noch einmal darüber sprechen wollte und schon wußte, daß er wieder nach der Übersetzung fragen würde, weil seine Dolmetscherin nicht da war. Er hatte Scheu zu fragen, aufdringlich mußte es scheinen, und doch hatte er ein Recht, gerade dies zu erfahren, ein Recht und eine Pflicht, und gerade er, der davor Angst hatte. Niemand sonst im Bus hatte Angst vor ihrem Bericht. Er war der einzige Deutsche.

Er konnte nicht warten, der Weg war nicht endlos, fragte also, bat um Übersetzung ins Englische. Entschuldigte sich, als sie unhörbar seufzte, deutlich sah er in ihrem Gesicht den Anlauf, den sie nehmen mußte, auch die Stirn etwas gefurcht, aber das wischte sie weg, drehte sich zu ihm, sagte, wieder über das Bordmikrophon, weil noch einige Araber englisch verstanden, sagte – wir fahren jetzt zum Piskarjow-Friedhof. Auf diesem Friedhof liegen sechshunderttausend Leningrader, die während der deutschen Belagerung umgekommen sind. Es ist nicht der einzige Leningrader Heldenfriedhof, aber es ist der größte. Insgesamt sind hier fast eine Million Menschen in den Jahren von 1941 bis 1944 im Kampf gefallen, verhungert, erfroren, durch Bomben und Granaten umgekommen oder an Krankheiten gestorben. Der deutsche Belagerungsring wurde im Herst 1941 geschlossen. Als die Deutschen merkten, daß sie Leningrad nicht im Sturm nehmen konnten, versuchten sie, uns auszuhungern. Der erste Winter war der schlimmste, auch der kälteste, 40 Grad unter Null. Es gab kein Heizmaterial, keinen Strom, keine Verkehrsmittel. Ständig fielen Bomben und Granaten, insgesamt über 100000 Bomben und 150000 schwere Geschosse. Viele Frauen und Kinder schliefen in den Fabriken wo sie arbeiteten, in den Straßen lag der Schnee anderthalb Meter hoch, keiner konnte ihn räumen. In dieser Zeit lebten die Menschen von 125 Gramm Brot am Tag, das zur Hälfte aus Viehfutter gebacken war. Aber sie kämpften weiter, sie wollten lieber sterben, als sich und die Stadt der Oktoberrevolution in die Hände des Feindes geben. Die Beispiele des Heroismus sind unbeschreiblich. Wenn eine Granate einen Brotwagen zerstörte, bildeten die halbverhungerten Menschen einen Kreis um das Brot, bis ein andrer Wagen kam, um es an seinen Zielort zu bringen. Etwas besser wurde es, als der Ladogasee so fest zugefroren war, daß Lastwagen über ihn fahren konnten. Die Leningrader nannten den Weg über das Eis die Straße des Lebens.

Baier schaute nicht mehr zu der Führerin, das Wasser stand ihm in den Lidern, er fühlte eine Träne hinter seine Brille rinnen. Es war da, wovor er Angst gehabt hatte, dieser plötzliche Sturm von Gefühlen und Gedanken, den die genaue, die so nahe Information hervorrief, verbunden mit allem, was jetzt heraufschwappte, was er schon vorher wußte über den Krieg und seine Jugend in ihm. Er schämte sich, für seine Tränen, für seine Jugend, für sein Land, aber wie er mit einem Finger hinter der Brille verstohlen das Wasser wegwischte, war er im Zweifel, ob er nicht ein Recht hatte zu weinen, ob er nicht sogar die Pflicht dazu hatte und es wichtig sein konnte, daß diese junge Leningrader Frau sah, wie stark ihn anging und schmerzte, was sie sagte. Die Scham, so merklich ergriffen zu sein, gewann aber doch gegen die Scham vor den Untaten, die er jetzt in harten, kalten Bildern vor sich sah. Baier verbiß sich das Gefühl, dachte auch, daß diese Dinge mit Gefühlen nicht zu klären, nicht aus der Welt zu schaffen seien, zwang sich, nach vorn zu sehen, auf den Verkehr.

1943, sagte die Führerin, gelang es unsern Truppen, einen Korridor durch den Belagerungsring zu brechen. Der Sieg von Stalingrad hatte den Leningradern große Zuversicht und neue Kraft gegeben. Aber erst im Januar 1944 konnten wir uns freikämpfen. Durch die deutschen Bombardierungen lag ein großer Teil Leningrads in Trümmern. Die Sommerpaläste in der Umgebung Leningrads waren von den Deutschen vor ihrem Rückzug zerstört worden. Jede einzelne Fontäne war in die Luft gesprengt worden. Niemand sollte mehr sehen, welche Kultur und Kunst die Russen geschaffen haben. Aber die Baupläne sind in den Kellern Leningrads erhalten geblieben. So konnten wir alle Kunstwerke unsrer Architektur restaurieren – wie Sie gesehen haben. Wir befinden uns nun vor dem Friedhof. Das Gebäude rechts ist ein Dokumentar-Museum über die Belagerung. Sie haben zwanzig Minuten Zeit.

Der Bus hielt schon einige Augenblicke am weiten Vorplatz des Friedhofs, die Führerin hatte die letzten Sätze auf russisch wiederholt, hinten standen sie auf, griffen ihre Kameras und Mäntel, schoben sich durch den Mittelgang zur Tür. Baier hatte seine Tasche genommen, war sofort, hastig, ausgestiegen, wollte keinem sein Gesicht zeigen, wartete nicht auf Galina und ihren Afrikaner, ging zu dem kleinen Pavillon hinüber. Das tat er gedankenlos, weil die Führerin auf das Museum hingewiesen hatte, es gehörte zum Friedhof, hatte er verstanden.

Durch die Eingangsdrehtür kamen ihm Russen entgegen, ältere Frauen und Männer, hinter ihm die Kollegen, ließen ihm keine Zeit zum Zögern, er stand schon in dem runden Raum, an dessen Wänden Fotos hingen, Vitrinen standen, Menschen davor. Baier trat an eines der Fotos, erkannte das Bild einer dick eingemummten Frau, die zwischen ausgebrannten Wohnhäusern auf dem Rücken im Schnee lag, ein Kind auf ihr liegend, von ihrem Arm noch umschlossen, erfroren beide oder von einer Granate erschlagen. Heiß stieg es ihm im gleichen Augenblick vom Herzen in den Kopf, in die Augen, er fühlte seinen heftigen Herzschlag, biß auf die Zähne, um die Tränen zu hindern. Er war außerstande, weitere Bilder anzusehen, ging zurück zum Ausgang, den Kopf gesenkt, sah erst wieder auf, als er den Wind kühl an den nassen Striemen auf seinen Wangen spürte.

Sehr weit am Ende des Friedhofs sah er die ihn quer abschließende niedrige Mauer, die Statue davor auf einem Sockel, drei Wege führten darauf zu, ein breiter in der Mitte, wie der Mittelgang einer Kirche zum Altar führt. Baier blieb stehen, als er an die Treppenstufen kam, die zu dem Gräberfeld hinunterführten. Er versuchte, irgendwie die Ungeheuerlichkeit vor seinen Augen zu begreifen, sie in eine Relation zu setzen zu Gesehenem, Erlebtem. Aber es war nur ein dumpfer, lähmender Schrecken, der nicht in seinen Kopf paßte, diese endlosen Reihen symmetrisch angelegter flacher Hügel so weit er sehen konnte. Jeder, schoß es ihm in den Kopf, jeder barg tausend tote Menschen, vielleicht fünftausend, fünftausend in Erde aufgelöste Gefühle, Hoffnungen, Lieben, vom Rasen bedeckten, beingewordenen Hunger, Haß auf die Peiniger. Die Sonne schien gläsern hell durch den Herbstdunst, aber er sah plötzlich die Gebeine auf den Gräbern hocken, dicht an dicht, wie frierend in ihrer fleischlosen Nacktheit, eine unabsehbare Masse von bleichen Skeletten, und darüber gewölbt einen gewaltigen Dom von Stille, der den Lärm der Straße hinter ihm abwies.

Baier nahm die Brille ab, ihn fror, er spürte den Schauer und die Gänsehaut unter den Kleidern. Er stieg die Stufen hinab in die grüne Stille der Grabreihen. Die blieb und schluckte seine Schritte. Langsam ging er den seitlichen Weg entlang, wo niemand war, an den grauen Steinen mit den eingehauenen Jahreszahlen vorbei, die vor jedem der Hügel aus dem Rasen ragten, 1942, 1942, 1942, 1943, die meisten von 1942, und auf manchen lag ein kleiner Strauß Astern oder blauer Strohblumen. Er fragte sich, ob die Leningrader wußten, unter welchem Hügel ihre Angehörigen bestattet waren, weil die Blumen auf einigen Steinen lagen, auf den meisten aber nicht. Namen waren auf keinem der Steine angegeben. Seitlich waren zwei Reihen Linden gepflanzt, jung noch, streng symmetrisch auf den mittleren Weg und die Statue zugeordnet, wie wachsende Säulen einer Kathedrale, dachte er, doch dahinter keine Mauern, sondern immer neue Reihen dieser flachen großen Gräber mit dem einen Stein davor. Er bemerkte, daß der Rasen kurz geschnitten war und fast frei von Unkraut. Auf einem Hügel harkte eine grauhaarige Frau die noch spärlichen gelben Blätter zusammen, die sah nicht auf, als er vorbeiging.

Baier setzte Schritt vor Schritt, näherte sich ohne stehenzubleiben der Mauer, fast ohne es zu merken, obwohl er sie vor sich sah, denn zugleich bedrängten ihn die Bilder, die schon im Autobus schemenhaft aufgetaucht waren, aber deutlicher jetzt. Wieder das breite Transparent an der Wand ihres Versammlungsraumes im Schoeler-Schlößchen: Denk an Stalingrad! das ihm etwas Unbegreifliches, Umheimliches bedeutet hatte nach all den Siegesfanfaren im Rundfunk und in der Wochenschau. Er erinnerte sich sogar, von Leningrad gehört zu haben, von der Belagerung, und daß er enttäuscht gewesen war, als der Name wieder aus ihrem schwarzen Blaupunkt-Radio mit den dicken Drehknöpfen verschwand, ohne daß von einem Sieg die Meldung gekommen war. Er erinnerte sich jetzt sehr deutlich und zugleich voll Scham an diese niemals ausgesprochene Enttäuschung und begriff nicht mehr, daß er keinen Gedanken gehabt hatte an die Belagerten. Er nicht und niemand in seiner Nähe hatte an andre gedacht als an die deutschen Soldaten im russischen Winter. Für die hatte seine Großmutter Socken gestrickt und seine Mutter ihren Pelzmantel gespendet noch ehe sie starb. Schuld an der Kälte, an den Sümpfen, an der Endlosigkeit des Raums, ja an dem Widerstand gegen die deutschen Soldaten überhaupt – das waren die gewesen, die sie Feinde genannt hatten.

Andere Bilder mischten sich dazwischen – Frühsommer 1944, kurz ehe ihr Schullager von Kutno nach Posen zurückverlegt wurde, da hatten sie es schon aufgegeben, noch die Fähnchen auf der Landkarte zu stecken vor lauter Frontbegradigungen und taktischen Rückzügen. Er war mit seinem Freund bei einem der deutschen Großbauern zu Gast gewesen, zu spät zum Heimweg aufgebrochen, über Felder und durch die polnischen Dörfer gelaufen, im Dunkeln erst kamen sie ins Lager und hatten an der Härte der Strafe die Angst der Lehrer um sie gespürt. Selbst waren sie, Kinder noch, Besatzung gewesen, Unterdrücker, die nun das Fürchten lernten.

Zwei Jahre später, als er die schlimmsten Wahrheiten schon gehört hatte, kam er zurück nach Berlin in ihre alte Wohnung, in die das Wohnungsamt ein Ehepaar eingewiesen hatte, OdF beide, Opfer des Faschismus, aus dem Kazet entkommen, sie Jüdin, er Kommunist. Das Gespräch mit ihr, die schrecklich aussah, das

Gesicht vernarbt, dünne graue Haarsträhnen, immer etwas roch aus den Kleidern, wie seine Großmutter, ihm unsympathisch war, auch weil sie jetzt genug zu essen hatten, als alle hungerten. Von ihren eigenen Erlebnissen hatte sie nie gesprochen. Aber jenes Gespräch über die Schuld, von dem er noch wußte, daß sie auch ihn für mitschuldig gehalten hatte, weil er Pimpf im Nazi-Jungvolk gewesen war – wie er sich gewehrt hatte, leidenschaftlich, und nicht verstand, auf welche Weise er hätte wissen sollen, was geschehen war. Er hatte schon damals ein starkes Empfinden für Gerechtigkeit, und ihm war es ungerecht erschienen, daß sie von dem Halbwüchsigen eine Einsicht in Verhältnisse erwartete, die über seinem Verstehen lag. Als sie ein Jahr später gestorben war, gerade fünfzig Jahre alt, Frau Harder, da glaubte er klarer zu sehen, was sie bewegt hatte. Er bedauerte seine Heftigkeit und hätte viel darum gegeben, es ihr sagen zu können.

Ihm war dieses Gespräch immer wieder ins Gedächtnis gekommen als etwas Unerledigtes, auch als eine Schuld, ein Stachel im Gewissen, aber erst nach vielen Jahren, nach neuen Verstellungen der Wahrheit im Berlin des Kalten Krieges, hatte er begonnen, sie wirklich zu verstehen, ihr recht zu geben. Da begriff er, daß seine Schuld das unterlassene Fragen war, das radikale Fragen nach den Ursachen und Zusammenhängen. Er wußte jetzt nicht einmal klar, ob er es wirklich begriffen oder nur so gehandelt hatte, als hätte er es begriffen. Aber hier zwischen diesen Gräbern stand es plötzlich deutlich vor ihm als Schlüssel zu seinen eigenen vergangenen Jahren. Diese erst unmerklichen und vereinzelten, über die Zeit aber deutlich erkennbaren Änderungen in seinem Leben waren Folgen des Fragens. Keines willkürlichen Fragens, wie man es den Skeptikern und Zweiflern zuschreibt. Ein Fragen, das mit diesen Gräbern irgendwie direkt zusammenhing, mit den Toten, die darin lagen, und mit den Lebenden, die sie pflegten und sich an sie erinnerten. Nicht weil es Russen waren. Vielleicht wegen der Haltungen dieser Menschen. Als er ein Wort suchte für den Antrieb seines Fragens, ein Brückenwort, das die Verbindung beschreiben konnte zwischen dem alten Schuldgefühl und der Richtung seiner Veränderung, fand er nur dies allgemeine, ungenaue: Liebe.

Baier stand vor dem Frontrelief der seitlich vorgebauten Mauer, grauer Granit, behauene Quader, glatt aufeinander gefugt. Er legte einen Augenblick lang die Hand auf die steinerne Brust des knienden Matrosen, als wollte er seiner kalten Trauer Leben und Wärme geben, spürte die unnachgiebige Kälte im Handinnern, übertrug sie auf seine Stirn, die heiß war von den fliegenden Gedanken, hatte den Wunsch, seinen Kopf gegen den Granit zu lehnen, ging aber weiter, an der Mauer entlang. Wenige Menschen waren auf dem Gedenkplatz, Russen offensichtlich, einzelne oder Paare, die sich nicht berührten, einfach gekleidet, eine Gruppe Soldaten in den ackerbraunen Uniformen, sie ähnelten den Figuren der Reliefs an der rückwärtigen Mauer, die Szenen der Belagerung darstellten: Frauen mit Gewehren, Matrosen, Flieger, Frauen mit Kindern, Frauen mit Verwundeten oder Toten. Und all diese Bilder ohne Heroismus und Pathos der Gebärden, erstarrte Bewegungen von einem Ernst und einer Trauer, in denen er zugleich die Stärke und die Tränen sah. Er dachte, daß auch die Männer, die diese Bilder in den Granit gemeißelt hatten, von Tränen nasse Hände gehabt haben mußten.

Baier schritt langsam an den Reliefs entlang bis zur Mitte, blieb hinter dem Sockel mit der hohen bronzenen Frauenfigur stehen, die ein Gewinde von Eichenlaub über das Gräberfeld hielt, aber dort sah er nicht hinauf, sondern zu den kyrillischen Lettern an der Mauer, von denen er wußte, daß dies die Strophe eines Gedichts an die Leningrader war, dessen letzte Zeilen lauteten:

Doch wisse, wer diesen Steinen Gehör schenkt – niemand ist vergessen und nichts ist vergessen.

Er hatte die Wahrheit dieser Zeilen erfahren, in den vergangenen Wochen, 30 Jahre nachdem sie geschrieben waren, immer wieder in den Gesprächen und den Fragen nach seiner Heimat, und das waren Worte gewesen von demselben Ernst, derselben Unerbittlichkeit, aber ohne Haß. Und von noch etwas anderem, das diese Bilder nicht ausdrücken konnten, was die Zeit dazu getan hatte: der Bitte um Freundschaft.

Er sah die andern Besucher nicht an, fühlte sich einsam unter ihnen, einen Mantel von Vergangenheit um sich herum, den er nicht ausziehen konnte, den jeder sehen konnte, so schien ihm, der auf ihm lastete wie dieses Schweigen der Besucher. Keiner sprach hier, auch kein Flüstern war hörbar, als verdrängten die Worte an der Wand mit ungeheurer Kraft jede andere Äußerung außer der des Windes in den Bäumen.

Vor der Mauer zwei Kränze. Auch vor dem Sockel der Statue hing ein Kranz auf dem Eisengestell. Daneben zwei Gitterroste im Boden, Wasserbecken darunter, kleine Sträuße steckten darin,

Dahlien, Astern, die blauen Strohblumen. Er sah, wie ein junger Mann einen Strauß dazusteckte, und er bedauerte, daß er während der Busfahrt keine Blumen hatte kaufen können. Es war mehr als Bedauern, er fühlte schmerzlich die Leere seiner Hände, wieder mit diesem Vorwurf, etwas Wichtiges versäumt zu haben, obwohl niemand ihnen vorher gesagt hatte, daß sie zu dem Friedhof fahren würden nach dem Besuch der Eremitage.

Plötzlich war ein klarer Gedanke in seinem Kopf, unvermittelt, ohne Überlegen. Er nahm das Buch aus seiner Tasche, in dem er auf der Fahrt gelesen und Antworten gesucht hatte auf die Frage seines Titels: Warum wird so einer Kommunist?, das ihm keine eindeutige Auskunft, aber doch wichtige Hinweise gegeben hatte und das ihm wertvoll geworden war, weil er viel auch von seinem Leben darin wiedergefunden hatte. Er öffnete den Deckel und schrieb unter den Titel DARUM, darunter LENINGRAD und seinen Namen. Auf dem Mittelweg sah er die Kollegen, schon ziemlich nah. Er überlegte, ob die Russen neben ihm etwas sagen, ob sie es verstehen würden, dieser mürrisch schauende Mann mit dem billigen Filzhut in der Hand und seine kleine, rundliche Frau, die jetzt ihren Strauß in den Rost steckte, die Junge im karierten Mantel, die schon ein paar Augenblicke vor den Sträußen stand, ihre Blumen noch in der Hand hielt und eines der Reliefs an der Mauer ansah, als habe sie darin einen bekannten Menschen entdeckt.

Baier zögerte noch, die Blicke, die Verwunderung, vielleicht spontane Mißbilligung der andern auf sich zu ziehen, durch dieses Abweichen vom Gewohnten herauszutreten aus seiner Anonymität, die er als Schutz gesucht hatte und zugleich, weil erst in ihr die vergangenen Toten reden konnten. Aber er wußte auch, daß es auf seine Antwort ankam, und da er sie kannte, mußte er sie jetzt und ohne Ausflüchte oder Verkleinerungen geben. Es war nur eine Beugung des Knies zu tun, ein Arm auszustrecken, aber es fiel ihm ungeheuer schwer, diese geringfügigen Bewegungen auszulösen. Er spürte plötzlich eine große Entfernung zwischen seinem Gehirn und den Gliedern, die auf einen Befehl warteten.

Die junge Frau neben ihm bückte sich dann mit ihrem Strauß, ließ ihn zwischen den andern, richtete sich wieder auf, das gab ihm das auslösende Signal, sein Arm legte das Buch, das er in der Hand hielt, in die Blumen auf den Rost. Schnell brach er noch den Stiel einer der blauen Strohblumen, richtete sich auf, behielt sie in der Hand, betrachtete sekundenlang den schwarzen Einband mit der leuchtend weißen Schrift und den dunklen Farben des Titelbildes – ein Fremdkörper zwischen dem Grün und den Blüten. Er fühlte die Blicke des Ehepaares und der jungen Frau auf sich gerichtet, aber er sah sie nicht an, obwohl er zugleich den schmerzenden Wunsch spürte, ihnen mitzuteilen, was ihn zu dieser Geste veranlaßt hatte, ihnen und allen, die den Gedenkplatz besuchten. Er wandte sich um, trat vorsichtig die beiden Stufen hinunter, hob erst jetzt den Kopf, sah die andern nicht mehr weit entfernt auf dem Mittelweg, langsam näherkommend, registrierte noch, daß der Japaner die Gedenkstätte fotografierte, ging zur Seite, drehte sich nicht mehr um, entfernte sich auf dem Weg unter den Lindenbäumen.

Im Bus, auf der Fahrt ins Hotel, drehte er noch den Stiel der kleinen Blume zwischen den Fingern. Die Führerin gab keine Erläuterungen mehr. Auch von den andern hörte er keine Gespräche.

Gast der Partei

Hier Genosse – Hausschuhe. Du hast eine lange Reise gehabt. Wenn du die Hände waschen willst, das ist in der Küche. Ein Bad gibt es hier nicht.

Ich hatte mich durchgefragt vom Hochbahnhof Holstenstraße, durch baumlose Straßen, deren schon wieder vergammelnde Bebauung sichtlich Kriegsbomben zu verdanken war, Arbeiterwohnungen also, hatte durch den milden Herbst-Feierabend gefragt bis zur Marthastraße, die mir beim Empfangskomitee genannt worden war: Nummer 37, Jupp Kweikowski. Da stand auf der einen Seite, freigeschlagen wie mit der Axt, nur ein Miethaus, ein Kriegsveteran mit kleiner Rente, große Fladen Putz abgebrochen, Splittermale bis in das freigelegte Ziegelgemäuer – das, dachte ich, muß es sein. Das war es. Das freudlose Treppenhaus, düster, altrot gestrichene Dielenbretter, verschossene Wände, da wurde nichts mehr geliebt von den Bewohnern und nichts investiert vom Besitzer. In der vierten Etage dann das Angebot der Pantoffeln. Zwei Zimmer Gemütlichkeit, kein Fernseher, kein Balkon, aber Telefon und aus der Küche der Blick in den halbhohen Hinterhof, da unten hatten sie früher gewohnt. Jahrzehnte, parterre, nie Sonne. Hier oben war das schon besser.

Ich hatte aber am Abend noch ein Gespräch bei Kollegen in Eppendorf verabredet, wollte nur meinen Koffer ins Quartier bringen, mich sehen lassen und selber sehen. Naiv. Die Schinkenbrote waren schon fertig. Und die Freude der beiden Alten. Über die Einquartierung, den unbekannten Besuch, der ein bekannter war, weil von der Partei geschickt. Der sich zur Ehre angerechnet wurde mit Freundlichkeiten ohne ausdrückliche Worte, so etwa: Mit dir, Genosse, ist der Parteitag bei uns zu Gast.

Im Wohnzimmer erklärte Emma ausführlich die geplante Herrichtung des Sofas, erforschte meinen Bedarf an Kissen und Decken, ob es nötig wäre, ein paar Kohlen aufzulegen, auch einen Schlüssel sollte ich bekommen und, wie gesagt, das Waschen im Spülstein in der Küche, warmes Wasser am Morgen würde gemacht.

Wir stellten uns vor. Das ergab eine kurze Befangenheit:

Schriftsteller, Gast der Partei, keiner vom täglichen Umgang. Emma ging jede Nacht von 12 bis 5 in einem Bürohaus putzen, weil die Rente nicht reichte, auf der Jupp seit zwei Jahren war. Auch eine gewisse Unabhängigkeit fand sie gut und die aufreibende Nachtarbeit wert. Jupp hatte bis zum Fünfundsechzigsten auf dem Bau als Maler gearbeitet, aber die Umstellung war ihm nicht gut bekommen. Der Splitter, der ihm das Ohr verletzt hatte bis in den Kopf, die doppelte Belastung von Berufs- und Parteiarbeit, der Streß der illegalen Jahre, das war plötzlich bei ihm eingebrochen, hatte ihn hingeworfen, erzählte sie, als er draußen war, und er schwor auf seine täglichen Spaziergänge im Sachsenwald, manchmal auch mit dem Enkelkind. An der Arbeit der Parteigruppe, entschuldigte er sich, könne er nur noch selten aktiv teilnehmen.

Ich mochte das dem kleinen breitschultrigen Mann nicht glauben, der mir da gegenüber saß auf der Schlafcouch unter dem goldgerahmten Bild mit dem röhrenden deutschen Hirsch, der mir die Hand hart gedrückt hatte und, als ich von den Berichten alter Arbeiter sprach, die wir herausgeben wollten, ins Erzählen geriet, eine gute, nachdrückliche Stimme, als gelte es zu beweisen, daß in jedem, auch dem unscheinbarsten alten Genossen, wenn man ihn nur fragt und anhört, die entbehrungsreichen, die unscheinbaren und kühnen, die unauslöschlichen Taten der kämpfenden Arbeiter wiederzufinden sind.

Vom Widerstand in Griechenland berichtete er, wo die Genossen sich ein erbeutetes Funkgerät repariert und auf die Frequenz der Partisanenzentrale eingerichtet hatten, vom Fritz, dem Fahrer beim Hauptmann Lange, der die Einsatzbefehle mitbekam, das Partisanendorf bei Patras vor dem bevorstehenden Angriff warnte, und wie ihre Kompanie ins Leere stieß. Als ich den Fritz dann traf, und ich wußte nicht, daß er es gewesen war, wir hielten das ja geheim voreinander, da sag ich: Na Fritz, wie geht es? und er winkt nur so ab mit der Hand, sagt kein Wort. Da seh ich: Hinter ihm steht schon der Spieß mit der MP! Mit der Hand hat er so abgewunken als wie: Laß sein Jupp, frag nicht, du kannst mir nicht helfen. Und hinter ihm stand der Spieß, der Hund. Es war das zweitemal, daß der Einsatzbefehl ins Leere ging, da hat es nicht viele gegeben, verstehst du, die in Frage kamen, die Bescheid wußten, da mußte der Verdacht auf ihn fallen. Sie haben in seiner Unterkunft gesucht und das Gerät gefunden. Wir unsicheren Kandidaten wurden dann abgelöst, dreißig Prozent unsrer Kompanie, kamen über Frankfurt in die Normandie zur Organisation Todt. In Frankfurt hab ichs erfahren, daß sie den Fritz erschossen haben. Standrechtlich erschossen.

Die Genossin Emma war nicht mehr zu Wort gekommen bei Jupps Erzählung, sie schaute ihn an, schaute mich an, legte ihm ein neues Brot auf den Teller, strich an ihrem Haar herum, schenkte Bier nach, fegte Krümel von der Decke, wollte reden. Eine merkbare, aber mir nicht verständliche Unruhe, Jupp Kweikowski übersah sie, redete weiter, gab Bericht von der Zusammenarbeit mit den französischen Widerstandskämpfern in 44, bis Emma dann doch in eine Pause sagen konnte, daß der Genosse noch zu einer Besprechung müsse, er käme ja morgen wieder. Und da hatte sie recht, das sah Jupp schon ein, Termin ist Termin.

Aber die Bushaltestelle nach Eppendorf, die mußte er mir noch zeigen, auch etwas frische Luft, ein paar Schritte tun, das wäre Gutes und Nützliches in einem. Und also gingen wir zusammen los. Gingen nicht – es war eher ein Marschtritt, ich merkte es nicht, denn mir eilte es jetzt, aber er war mir eher noch voraus und sprach weiter, von Karl-Heinz Hoffmann, der auch da unten war, eine MP geschnappt hatte, rüber zu den griechischen Partisanen und heute General in der DDR. Auch vom Hamburger Arbeiteraufstand unter Ernst Thälmann, der sich in diesen Straßen mit abgespielt hatte, da war er grade aus der Schule gewesen und hatte die Barrikaden gesehn und alles.

Wir waren schon am Kieler Damm, drüben die Haltestelle, als Jupp sagte: Was ist denn mit meinem Bein los, geh mal langsamer bitte, als er das rechte Bein plötzlich nachzog, hinkte.

Ich sagte: Hast du dich verknaxt?

Ich weiß nicht, ich kann nicht richtig auftreten.

Du dann kehr besser um, da drüben ist die Haltestelle.

Nichts! Ich bring dich rüber.

Na gut.

Ich griff Jupp am Arm, denn es fiel ihm sichtlich schwer, mit dem Fuß aufzutreten, er duldete das auch, wir gingen einige Schritte bis zum Bordstein, da sagte er: Ich glaube, ich kehr doch besser um.

Ich glaubte das auch, sagte: Ich komm noch ein Stück mit zurück.

Nein, das ist nicht nötig, geh du rüber zu deinem Bus.

Dabei hing er schwer auf meinem Arm, wollte loslassen und brach irgendwie ein auf der rechten Seite, ich stützte ihn sofort wieder, und wir gingen langsam zurück, zehn Schritte, zwanzig, bis um die Ecke.

Er murmelte: Ich versteh das nicht, was das ist mit dem Bein.

Ich bekam Angst, wie ich merkte, daß seine Stimme undeutlicher war, sagte: Du, laß uns ein Taxi nehmen, das schaffen wir nicht.

Ja, es tut mir leid, daß ich dir das jetzt, ein Taxi, ja.

Er lag halb auf meinem Arm, den ich mit dem andern stützen mußte, der wurde mir lahm, Schritt vor Schritt kamen wir zurück bis zum Straßenrand. Auf der andern Seite ein Taxi, ich winkte, es fuhr vorbei. Ein zweites kam drüben, ich sagte: Kannst du einen Augenblick stehn, ich lauf rüber.

Ja, ich versuchs.

Ich ließ ihn vorsichtig los, da sackte er zusammen, grad konnte ich ihn noch auffangen vor dem Hinfallen, er war jetzt ungeheuer schwer, kaum brachte ich ihn wieder zum Stehn.

Wieder ein Taxi, auf unsrer Seite, es fuhr langsamer und doch weiter, als der Fahrer den hilflosen Mann sah, den ich hielt. Die Wut stieg mir heiß den Hals rauf. Jupp sagte leise: Es ist mir so peinlich, Genosse, und wie ich im Licht der hellen Bogenlampen seine halbgelähmten Lippen, das fast geschlossene rechte Auge sah, da schoß in meine Angst der Gedanke: Herzinfarkt, das muß ein Herzinfarkt sein!

Ich schrie einen Passanten an, die Straße war fast leer an dem Abend: Helfen Sie mir! Ein Taxi! Der Mann muß ins Krankenhaus! Er ist nicht betrunken! und dachte: Wenn er mir stirbt! und dachte: Gleich muß ich ihn auf den Boden legen, ich kann das Gewicht nicht mehr halten.

Da kam noch ein Taxi, steuerte gleich auf uns zu, hielt, der Mann muß ins Krankenhaus, ist ein Krankenhaus in der Nähe, ja, steigen Sie ein. Der Fahrer öffnete die Tür, Jupp wollte selbst einsteigen, machte einen Versuch auf den Wagen zu, aber unmöglich, kaum konnten wir ihn zu zweit auf den hinteren Sitz schieben.

Auf der kurzen Fahrt, das Krankenhaus war gleich in einer Nebenstraße, sagte Jupp nichts, und ich, ich fand auch keine sinnvollen Worte, meine Hände zitterten immer noch von der Anstrengung und von Angst, ich hatte das Gefühl zu frieren, ich sagte: Ich hol gleich deine Frau, Jupp, und er nickte.

Als das Taxi vor dem kleinen Krankenhaus hielt, lief ich gleich zu der Nachtschwester im Pförtnerraum: Schwester, ich habe hier einen Mann, der ist mir eben zusammengebrochen auf der Straße, draußen im Taxi, was mach ich –

Ja kennen Sie ihn denn?

Ja, ja, flüchtig, zu Besuch, Herr Kweikowski – wie wollte ich ihr das so schnell klarmachen, was ein Genosse ist.

Bringen Sie ihn mal rein.

Werds versuchen.

Ich ging wieder raus zum Taxi, sagte: Jupp, komm, wir gehn mal rein, er versuchte sofort auszusteigen, packte mit der linken Hand sein rechtes Bein und wollte es aus dem Wagen schieben, vergeblich, da kam auch die Schwester, Jupp lächelte sie etwas an mit dem halben beweglichen Mund, entschuldigend, sie griff zu, gemeinsam brachten wir ihn aus dem Wagen, und sie sagte: Halten Sie ihn einen Augenblick, ich hol einen Rollstuhl. Als sie zurückkam mit dem Stuhl, setzten wir ihn hinein, sie schob ihn ins Haus, und ich sagte dem Taxifahrer, warten Sie doch einen Moment.

Drin war ein junger Arzt im Straßenanzug dazugekommen und eine zweite Schwester, sie hoben Jupp auf eine Transportliege, schoben ihn weg, dem Arzt erklärte ich, was geschehen war, fragte: Ist das ein Herzinfarkt?

Schlaganfall, sagte er, vermutlich ein Schlaganfall.

Die Schwester wollte von mir Jupps Personalien haben, ich sagte, was ich wußte und daß seine Frau in der Nähe wohnt, man müßte sie anrufen oder holen.

Ja, tun Sie das.

Ich ging aber erst in den Raum, wo Jupp angezogen auf der Liege zwischen zwei leeren Betten lag, er lächelte mich an, ich zwang mich auch zu einem Lächeln, so ein Mist, was? Er nickte. Der Doktor kam, hatte jetzt einen Kittel über, machte das dienstlich-ernste Gesicht, prüfte die Lähmung des Arms und des Beins, legte dann seine Hand auf Jupps, sagte beruhigend: So Herr – Herr

Kweikowski, half ich ihm.

Herr Kweikowski, jetzt bleiben wir erstmal eine Nacht hier, nicht wahr, schlafen uns aus, und morgen sieht alles schon wieder anders aus. Haben Sie seine Frau benachrichtigt?

Gleich, ich rufe gleich an.

Da sagte Jupp, leise, aber ich verstand es sofort: Herr Doktor, ein Kommunist hat keine Angst vorm Sterben.

Der Arzt beugte sich näher zu ihm: Wie bitte? und Jupp strengte sich an mit seinem halben Mund, wiederholte, deutlicher: Ein Kommunist hat keine Angst vorm Sterben.

Dem Arzt gab es einen richtigen Ruck, er sah mich an, überrascht, fast verstört, auf seinem Gesicht lesbar der Versuch, das zu begreifen. Dann zu diesem Patienten: Es ist gut, wenn man auf alles vorbereitet ist. Und schon nicht mehr ernst, den Schreck abschüttelnd: Aber vom Sterben redet keiner, so weit sind wir noch nicht, Herr Kweikowski. Jupp nickte noch einmal, ohne Lächeln. Ich ging raus.

Auf dem Flur mußte ich mich erst auf eine Bank setzen. Ich merkte, wie mir Wasser in die Augen kam, stampfte mit dem Fuß auf, scheiße, ein Kommunist hat ...

Aus der Pförtnerloge rief ich Jupps Frau an, erklärte notdürftig, mit kühler Stimme. Das Taxi war abgefahren, ohne Geld. Ich wartete dann am Bett, bis sie kam, die leise sprach, zu verstehen suchte, was da eingebrochen war in ihr Leben, meinen Platz einnahm, noch sagte, weil ich nicht wußte was tun: Den Schlüssel hast du ja und kannst rein zum Schlafen. Ich brachte das kaum über die Lippen, das: Machs gut Jupp, ich wünsch dir – ich wünsch dir was. Eine gute Nacht. Und die Linke in seine Linke, die hatte noch den gleichen Druck wie vor Stunden die Rechte.

Spät nachts kam ich von der Besprechung mit den Kollegen. Die Genossin Kweikowski hörte ich nach mir in die Wohnung kommen. Am Morgen weckte sie mich um halb acht und hatte schon Brötchen geholt, den Frühstückstisch für mich in der Küche gedeckt. Man hätte sie nach Hause geschickt, als Jupp eingeschlafen war, zur Arbeit war sie nicht gewesen, natürlich, und würde jetzt ihre Tochter anrufen. Wir sprachen wenig, wir sprachen über Jupp und daß er am Abend so viel geredet hatte, und sie sagte: Einmal muß es kommen, früher oder später, das ist so mit dem Leben. Aber ich war sicher, daß er bald wieder hochkommen würde. Sie bat mich noch, ein andres Quartier zu nehmen und zu verstehn, daß sie sich vielleicht jetzt nicht um mich kümmern könne, das wäre doch schwierig. Ich hatte meine Sachen schon eingepackt. Ich dankte ihr, wollte sie gern umarmen, tat es aber nicht, verließ die Wohnung. Den ganzen Morgen kriegte ich meine Gefühle nicht in Ordnung.

Nach der Demonstration durch die zentralen Arbeiterbezirke, bei der Kundgebung auf dem Eimsbütteler Marktplatz, ich hatte grade meine Fackel ausgemacht, traf ich Emma noch einmal. Sie schien allein zu sein. Sie war gekommen, weil es eine mächtige Kundgebung werden sollte, auf der Herbert Mies und Jan Wienecke sprachen und die Partei sich den Hamburger Arbeitern zeigte. Sie teilte mir mit, daß Jupp in ein Krankenhaus am Stadtrand verlegt worden war, daß sie den ganzen Tag draußen bei ihm gesessen hatte.

Sie fragte, ob ich gut untergekommen sei. Ja, das war ich. Bitte bestell ihm Grüße, deinem Mann. Viel mehr wußte ich nicht zu sagen. Oder nein – es schien mir unmöglich, auszusprechen, was ich dachte. Ich versuchte es, indem ich mit meinen beiden Händen ihre Hand nahm und drückte, zum Abschied.

Eine Woche später schrieb ich an Jupp und Emma Kweikowski eine Postkarte, mit Dank und Besserungswünschen. Am nächsten Tag sah ich in der UZ eine dieser fast täglichen Anzeigen, schwarz umrandet. Der Name Josef Kweikowski darin.

Bitte umblättern:

auf den nächsten Seiten informieren wir Sie über weitere interessante Fischer Taschenbücher.

Die Frau in der Gesellschaft

Gisela Brinker-Gabler (Hrsg.)
Deutsche Dichterinnen vom 16. Jahrhundert bis zur Gegenwart
Gedichte – Lebensläufe
Mit Abb. Originalausgabe
Band 1994

Die Frau in der Gesellschaft
Frühe Texte
Herausgegeben von
Gisela Brinker-Gabler

Band 1
Zur Psychologie der Frau
Mit Texten von Hedwig Dohm, Lou Andreas Salomé, Lily Braun, Minna Cauer, Gertrud Bäumer, Ricarda Huch u. a.
Originalausgabe. Band 2045

Band 2
Frauenarbeit und Beruf
Mit Texten von Luise Otto-Peters, Clara Zetkin, Lina Morgenstern, Käthe Schirmacher, Alice Salomon, Rosa Luxemburg u. a.
Originalausgabe. Band 2046

Lebensgeschichten
Herausgegeben von
Gisela Brinker-Gabler

Fanny Lewald
Meine Lebensgeschichte
Originalausgabe
Band 2047

Ann Cornelisen
Frauen im Schatten
Leben in einem süditalienischen Dorf
Band 3401

Shulamith Firestone
Frauenbefreiung und sexuelle Revolution
Band 1488

Germaine Greer
Der weibliche Eunuch
Aufruf zur Befreiung der Frau
Band 1450

Signe Hammer
Töchter und Mütter
Über die Schwierigkeit einer Beziehung
Band 3705